HEYNE BÜCHER

In der Perry-Rhodan-Reihe
sind als Heyne-Taschenbücher erschienen:

Terra in Trance · Band 16/368
Das Aralon-Komplott · Band 16/369
Welt der Prospektoren · Band 16/370

Perry Rhodan

LUMINIA RUFT

Terraner stoßen auf die Lichtschiffe – und finden eine uralte Zivilisation

Ein Planetenroman von

HORST HOFFMANN

Originalausgabe

WILHELM HEYNE VERLAG
MÜNCHEN

PERRY RHODAN
Nr. 16/371

Redaktion: Klaus N. Frick

Wilhelm Heyne Verlag GmbH & Co. KG, München
Printed in France 1994
Umschlagillustration: Alfred Kelzner, Bünde
Umschlaggestaltung: Atelier Ingrid Schütz, München
Satz: Compusatz GmbH, München
Druck und Bindung: Brodard & Taupin

ISBN: 3-453-07183-2

1.

Das Lichtschiff

»Da ist etwas, Sir«, sagte die Terranerin, ohne den Blick von ihren Monitoren zu wenden. Sie trug die Uniform eines Captains der Explorerflotte.

Die knappe Information genügte.

Oberst Consyn Predam war der einzige, der sich außer ihr in der Zentrale aufhielt. Die meisten Besatzungsmitglieder der EX-3135 befanden sich in der Stadt. Dort wurden sie eher gebraucht als hier. Ein kurzer Rundruf genügte, um alle Raumfahrer im Notfall innerhalb weniger Minuten an Bord zurückzuholen.

Um diese Zeit waren nur rund dreißig Männer und Frauen in der EX: Routinepersonal; ja, und ein oder zwei Barmixer in der großen Messe.

»Auf den Panoramaschirm damit, Captain«, sagte der Kommandant. Er blieb an seinem Platz und ließ den Kontursessel leicht nach hinten kippen, die Füße auf einem Schaltpult. Predam war Plophoser, 73 Jahre alt und 108 Kilo schwer, bei einer Körpergröße von gerade mal 1,70 Metern. Sein Gesicht war bullig und so rot wie sein Blutdruck hoch. Dennoch fühlte der Mann sich kerngesund und dachte nicht im Traum daran, sich auch nur ein Gramm seines stolzen Gewichts abzuhungern, abzutrainieren oder sonstwie stehlen zu lassen.

Consyn Predam war gutmütig und sah über so manche menschliche Schwäche hinweg, weil er sie fast alle selbst hatte – oder zumindest gut kannte. Wer den Mann mit den rotblonden, lockigen Haaren und den katzengrauen Augen deshalb unterschätzte, der konnte jedoch die eine oder andere unangenehme Überraschung erleben. Denn

Predam war ein Mann von hoher Intelligenz und schnellen Reaktionen – und manchmal seltsamen, aber meistens im Nachhinein sinnvollen Entscheidungen.

Das Bild auf dem großen Sichtschirm wechselte. Bisher war die Stadt Halmafing zu sehen gewesen, die einzige größere, noch immer im Aufbau befindliche Siedlung auf Traazam. Jetzt sah der Kommandant eine Computerdarstellung dieses Sonnensystems mit seinen sechs Planeten und dem Zentralgestirn, das bisher nur den Namen des Raumers trug, der ihn vor 76 Jahren entdeckt und katalogisiert hatte: EX-1745-203. Die letzten drei Ziffern bedeuteten, daß es sich um das zweihundertdritte vom Explorer-Raumschiff EX-1745 kartographierte Sonnensystem handelte.

»Auf der Bahn des dritten Planeten«, meldete die Ortungstechnikerin. »Das Objekt kam mit nur zwanzig Prozent Lichtgeschwindigkeit aus dem Hyperraum. Sein Kurs ist eindeutig auf Traazam ausgerichtet, Sir.«

»Sieht wahrhaftig so aus«, brummte der Oberst.

Ein grünlich blinkender Punkt markierte die Position des fremden Schiffes – oder was immer da auf sie zukam. Die Hyperortung maß starke Energiefelder an. Das Objekt verzögerte stark.

»Sieht wahrhaftig so aus, ja«, sagte der Plophoser und gab das Signal an die Mannschaft, daß sie aus Halmafing zurück an Bord kommen sollte. Er bewegte sich dabei so wenig wie möglich. Nur sein linker Arm streckte sich aus, und ein Finger tippte lässig auf eine Sensortaste.

Niemand, der Consyn Predam so sah, würde auf den Gedanken kommen, daß er diesem Augenblick seit Wochen innerlich entgegenfieberte.

»Was glauben Sie, Dara?« fragte er mit seinem Bariton. »Sind sie es?«

»Was glauben *Sie*, Con?«

Der Oberst grinste. Er und die junge Terranerin kannten sich seit sieben Jahren. Sie hatte mit ihm ihren ersten Flug nach dem Examen auf der Raumakademie gemacht, und trotz einer Reihe anderer Angebote war sie bei ihm auf der EX-3135 geblieben.

Wenn sie allein miteinander waren, ließen sie die Titelanrede schon einmal weg und nannten sich beim Vornamen. Predam wartete nur auf eine günstige Gelegenheit, um ihr das »Du« anzubieten. Er war da etwas steif, und sie wußte und respektierte das. Das weltenbewegende Angebot hatte bei dem Plophoser immer noch vom Älteren zu kommen.

Dara konnte damit ganz gut leben. Es amüsierte sie, sich auszumalen, wie und wann der Kommandant über seinen Schatten springen würde.

Wenn die anderen Besatzungsmitglieder um sie herum waren, galt aus den unerfindlichen Gründen der Disziplin natürlich wieder das »Sir« oder der »Captain«.

»Was sagt denn die Positronik? Inzwischen müssen doch genug Beobachtungen für Vergleiche vorliegen.«

»Kommt sofort.«

Dara Slow, mit ihren 28 Jahren eine der jüngsten Angehörigen der solaren Explorerflotte überhaupt, rief von der Schiffspositronik jene Daten ab, die von der EARTH MOTHER überspielt und gespeichert worden waren. Die EARTH MOTHER war das Schiff, mit dem die Kolonisten vor jetzt fast 16 Jahren – am 21. März 2345 – auf Traazam gelandet waren.

Heute schrieb man den 27. Februar 2361, und vielleicht wurde dieses Datum einmal genauso wichtig für die Geschichte der jungen Kolonie.

Die EARTH MOTHER stand zwar noch stolz in der Mitte des kleinen Raumhafens von Halmafing, aber ob sie jemals wieder ins All starten würde, war zweifelhaft. Eher war sie ein Denkmal. In tausend Jahren mochten die Nachfahren der heutigen Pioniere ihren Kindern davon erzählen, daß mit diesem 200-Meter-Kugelraumer einmal alles angefangen hatte. Daß ihre Ahnen einst von einer fernen Welt namens Terra gekommen waren, der Erde. Fast 60000 Lichtjahre entfernt umkreiste der Planet mit dem seltsamen Namen die gelbe Sonne Sol in der galaktischen Westside.

Traazam und seine Sonne lagen hart am Rand der Northside, genauer gesagt: in einem kleinen Sternenhaufen, der vor über hundert Jahren nach seinem Entdecker Fenntner-Ballung genannt worden war.

Die Stadt Halmafing war hineingesetzt und integriert in eine Natur, die nur soweit angetastet werden sollte, daß die Menschen auf ihrer neuen Welt in und mit ihr leben konnten. Erste wichtige Projekte waren der Bau von Wohnanlagen und Energieverteilerstationen gewesen, von Versammlungszentren und Verkehrswegen tiefer hinein in das Paradies, das auch ein Paradies bleiben sollte.

Für Observatorien und Funk- und Ortungsstationen hatte man keine Mittel verschwendet, solange die EARTH MOTHER auf dem als erstes angelegten Hafen stand und dazu geschaffen worden war, ins All zu lauschen. Das Schiff war ständig mit mindestens fünf Männern und Frauen besetzt. Eine Menge Traazamer schüttelten darüber den Kopf, aber Svenja und Pablo Sanchesson, das Präsidentenpaar, bestanden darauf: Die Kolonie durfte sich nicht vom Rest des Universums abkapseln, denn das konnte einmal schlimme, vielleicht tödliche Folgen haben – Akon beispielsweise war mit rund sechzehntausend Lichtjahren bedeutend näher als Terra und das Solare Imperium.

Nur die Funk- und Ortungsanlagen der EARTH MOTHER garantierten dafür, daß man mit der Galaxis in Verbindung blieb. Und die Sanchessons konnten jedes Argument ihrer Kritiker damit wirksam entkräften, daß die Sicherheit ihrer Kolonie, hier am weitgehend unerforschten Rand der Milchstraße, nur dann gewährleistet war, wenn jederzeit ein schneller Kontakt zur Solaren Flotte, zur USO oder zur Explorerflotte möglich war.

Und diesen Anlagen war es zu verdanken, daß Dara Slow ihrem Kommandanten jetzt die Werte liefern konnte, die er brauchte. Predam wollte wissen, ob es wieder die gleichen Fremden waren, die mitten im System aus dem Hyperraum auftauchten wie vom Nichts ausgespuckt.

Beim erstenmal war es Nacht über Halmafing gewesen, als sie kamen: Am 1. September 2360, vor viereinhalb Monaten, hatten die Orter der EARTH MOTHER Alarm geschlagen.

Ein fremdes Raumschiff war mitten im System von EX-1745-203 materialisiert, mit Kurs auf den zweiten Planeten – Traazam.

Einen solchen Auflauf hatte das Raumschiff seit dem Tag seiner Landung nicht mehr erlebt. In Gleitern, mit Flugaggregaten oder zu Fuß hatten die Kolonisten versucht, schnellstmöglich in den Kugelraumer zu kommen und zu sehen, wer oder was sich da näherte.

Der Sternhaufen galt als unbevölkert. Die EX-1745 hatte alle 82 Sonnen und ihre Planeten katalogisiert und erforscht. Es gab über zwei Dutzend Welten, die Leben trugen. Doch keine von ihnen hatte eine Zivilisation hervorgebracht, die imstande gewesen wäre, sich von ihrem Planeten zu lösen und andere Sterne anzustreben.

Die Minimalentfernung vom Rand der Milchstraße betrug 153 Lichtjahre. Das war der Abstand des nächstgelegenen Sterns der Ballung zur äußersten Sonne des Spiralarms, dem die Fenntner-Ballung vorgelagert war wie eine Bastion gegen außergalaktische Eindringlinge.

Auch in diesem Spiralarm hatten die Explorer bisher

keine nennenswerte Zivilisation entdeckt. Allerdings würde es noch viele Jahre dauern, bis er vollkommen erforscht war; Überraschungen waren durchaus möglich.

Auf jeden Fall war die Kolonisierung von Traazam ohne großen Aufwand verlaufen, es gab also absolut nichts, das raumfahrende Völker aus anderen Teilen der Milchstraße auf den zweiten Planeten hätte aufmerksam machen müssen.

Und doch war am 1. September 2360 ein fremdes Raumschiff knapp hinter der Bahn des dritten Planeten aus dem Hyperraum gekommen und hatte Kurs auf die von terranischen Siedlern bewohnte Welt genommen.

»Es verzögert weiter«, sagte Dara Slow. »Es ist schon sehr langsam geworden. Das entspricht genau dem, was von den Kolonisten bei den bisherigen Annäherungen aufgezeichnet worden ist.«

Der Oberst hatte die Daten inzwischen selbst auf einem Monitor. Abwechselnd ging sein Blick von ihm zum Panoramaschirm und zurück. Der grüne Leuchtpunkt kam nur zögernd näher. Jetzt überschritt er gerade die Fünf-Millionen-Kilometer-Marke – in diesem Moment die Entfernung von Traazam.

»Satellit, Captain?«

Predam war wieder förmlich. Von der Stadt war zwar noch kein Besatzungsmitglied zurück, aber dafür fanden sich der Waffenleitoffizier und ein halbes Dutzend Mitglieder des technischen Personals in der Zentrale ein, die an diesem Tag Dienst schoben.

»Satellit, Sir«, erwiderte Dara Slow, als sie das Bild auf die rechte Hälfte des Panoramaschirms geschaltet hatte. Links war weiterhin zu sehen, wie das Fremdobjekt langsamer näherkam, während rechts das Bild gezeigt wurde, das eine im Orbit um Traazam befindliche Sonde übertrug. Es war heller Tag hier unten. Nachts hätte man das fremde Schiff vielleicht bald von hier aus sehen können –

so aber mußte das Bild von der Sonde angefordert und geliefert werden.

Der kleine künstliche Satellit stand immer so, daß er zum dritten Planeten wies, also auf einer gedachten Linie zwischen dem zweiten Planeten und Kollum. Das war der Name, den die Kolonisten der Nachbarwelt nach jenem Raumfahrer gegeben hatten, der als erster seinen Fuß auf die marsgroße Ödwelt gesetzt hatte. Ähnlich war Traazam zu seinem Namen gekommen. Misebur Traazam war der Kommandant der EX-1745 gewesen, ein vergötterter Held. Ihm, so hieß es, war es zu verdanken, daß die Paradieswelt nicht wegen ihrer immensen Bodenschätze zu einer Industriewüste gemacht worden war. Misebur Traazam hatte die Daten über den zweiten Planeten einfach manipuliert und war später wegen eines ähnlichen Delikts hart zur Verantwortung gezogen worden.

Aber gerade dadurch war er zum Idol einer Gruppe von konsequenten Naturbewahrern geworden, die auf Terra und anderen Welten in letzter Zeit mehr und mehr Zulauf erhielten. Die »Ökos« machten Misebur Traazam schlichtweg zu ihrem Präsidenten, und heute kümmerte er sich als Verwaltungschef um die Belange einer Kolonie, die für den Planeten Traazam als Vorbild galt.

Die Siedler am Rand der galaktischen Northside gehörten derselben politischen Gruppierung an, die Misebur Traazam zur Kultfigur erhoben hatte. Andere nannten sie eine Sekte oder einfach verrückt. Aber die mittlerweile 8341 Bewohner von Halmafing waren Männer und Frauen, die mit beiden Beinen auf dem Boden der Realität standen. Sie waren alles andere als weltfremde Spinner und wußten genau, daß sie ihr Paradies nur durch kluge Kompromisse erhalten und gestalten konnten.

Die Sonde stand 296000 Kilometer hoch über Traazam. Das entsprach fast genau der Entfernung des einzigen Mondes vom zweiten Planeten. Die Kolonisten hatten ihn

»Nachtauge« getauft, die Sonne entsprechend »Tagauge«.

Jetzt wurden die ersten Bilder zur EX-3135 gefunkt, auf denen das fremde Schiff erkennbar war. Ein Leuchtpunkt vor der spärlichen Kulisse der Sterne. Die Fremden kamen von jener Seite der Ballung, die der Milchstraße abgewandt war.

Genauso war es auch beim ersten und beim zweiten Erscheinen gewesen, am 2. Februar 2361.

»Wesen aus einer anderen Galaxis?« brummte der Kommandant vor sich hin. Es war keine Frage an die anderen gewesen, nur ein laut gedachter Gedanke.

Jeder hatte solche Gedanken, wenn er an die geheimnisvollen Besucher dachte.

»Das Objekt«, sagte Dara Slow, »fliegt jetzt mit nur noch zwei Prozent Licht, als knapp 360000 Kilometern pro Minute. Entfernung von Traazam nun... unter zwei Millionen Kilometer. Es verzögert weiter.«

Zwei Minuten später hatte die Geschwindigkeit des Schiffes ein Prozent Lichtgeschwindigkeit erreicht. Die Sonde übertrug schon sehr klare Bilder. Die mittlerweile vollzählig eingetroffene Mannschaft in der Zentrale sah, wie aus dem Punkt eine Scheibe wurde, die langsam an Größe gewann.

»Durchmesser siebenhundert Meter«, las Oberst Predam ruhig von einem Monitor ab. »In der Mitte achtzig Meter dick, an den Rändern nur dreißig.« Er lachte, als er endlich die Stiefel vom Pult nahm und sich aus dem Kontursessel stemmte. »Das Ding ist der flachste Diskus, den ich je durch den Weltraum gondeln gesehen habe.«

»Dieses Ding gondelt nicht, Sir, es schwebt«, kam es von Captain Dara Slow.

Predam warf ihr einen überraschten Blick zu.

»Gondeln, schweben, fliegen oder scheppern – im Weltraum kommt man nur vorwärts oder geht wieder zurück. Unsere Freunde scheinen aber stehenbleiben zu wollen. Leutnant Henning?«

»Ja, Sir!« meldete sich der Offizier, der die Funkanlage bediente. Dennis Henning war zwei Meter groß, aber unglaublich dünn, was ihm ganz zwangsläufig den Spitznamen »Ara« eingebracht hatte. Sein Gesicht war so faltig wie seine Uniform. Dabei hatte der Mann die Fünfzig noch nicht überschritten. Schwarze, ewig strähnige Haare bildeten einen fast makaberen Kontrast zur bleichen Haut.

»Geben Sie den vorbereiteten Funkspruch ab, bevor es zu spät ist.«

»Sie meinen, Sir, bevor sie wieder abdrehen und so schnell verschwinden, wie sie gekommen sind«, sagte Bunn Vänersson, der Waffenleitoffizier, während Henning steif bestätigte.

»Wahrhaftig, Captain, wahrhaftig«, brummte der Kommandant.

»Und wie es auch schon auf einem halben Dutzend Planeten tiefer in unserer Milchstraße geschehen ist.« Bunn Vänersson nickte zustimmend. »Es sind die gleichen Wesen, darauf verwette ich meinen Jahressold.«

»Spenden Sie ihn einem wohltätigen Zweck«, sagte Predam. »Aber halten Sie uns keine Vorträge.«

Vänersson biß sich auf die Zähne. Der kantige Captain, ein hellhaariger Klotz von Mann, nickte wieder, diesmal grimmig, und verzog sich beleidigt aus der Nähe seines Vorgesetzten.

Natürlich waren ähnliche Raumschiffe über sechs anderen Planeten des terranischen Einflußbereichs innerhalb der Galaxis aufgetaucht und wieder verschwunden, ohne daß es zu einem Kontakt kommen konnte. Das brauchte der Offiziergunner Predam nicht zu sagen – wahrhaftig nicht!

Deshalb waren sie ja letztlich hier.

Das fremde Schiff kam immer noch näher. Es füllte jetzt den gesamten Panoramaschirm aus, eine in allen Farben leuchtende, flache Diskusscheibe. Seine Entfernung von Traazam betrug noch rund 800000 Kilometer. Der Sonde war es entsprechend näher; deren hochleistungsfähige Optiken und Energieorter zeichneten ein klares Bild von einem Objekt, das von innen heraus zu leuchten und sich im Anflug langsam zu drehen schien.

Wie ein Kreisel, dachte Oberst Consyn Predam, aber... ja, majestätisch. Das war das richtige Wort dafür.

Der Plophoser hatte schon Schiffe gesehen, die als unförmige Klötze aus dem Raum auftauchten oder wie tote Tiere auf Raumhäfen lagen. Die Fragmentraumer der Posbis waren dabei noch nicht einmal die übelsten. Auch die Kugelraumer der Terraner und Arkoniden, selbst die ganz großen Typen mit ihren 1500 Metern Durchmesser, waren gegenüber dieser Scheibe ein ebenso trauriger Anblick wie die riesigen Walzen der Springer oder die ebenfalls diskusförmigen Schiffe der Blues.

Consyn Predam spürte, wie sein Herz etwas schneller schlug. Ihm wurde der Hemdkragen zu eng. Er hatte es geschafft, bis zu diesem Moment seine Ruhe zu bewahren. Er hatte sich auf diesen Augenblick gut vorbereitet.

Aber jetzt, als sich das Raumschiff schier in die Zentrale hineinschieben zu wollen schien, kämpfte er um seine Kontrolle. Das Schiff war noch so weit weg, und doch besaß es etwas, das jeden Beobachter in seinen Bann schlug. Es war tatsächlich wie das reine Licht, als bestünde es aus nichts anderem. Vielleicht war es das Zusammenwirken der hellen, harmonischen Farben, die den Eindruck wachsen ließen, an Bord *könnten* sich nur erhabene, grazile und friedlich gesinnte Wesen befinden.

Um so unverständlicher war es aber dann, daß sie bislang nicht auf Kontaktversuche reagierten – außer mit überstürzter Flucht.

»Was ist mit dem Funkspruch, Leutnant?« fragte Predam.

»Er wird seit einer Minute gesendet, Sir«, meldete der Funker. »Ununterbrochen. Aber es kommt keine Antwort.«

»Sie haben keine Fahrt mehr!« rief Dara Slow dazwischen. »Sir, sie haben gestoppt, rund 680000 Kilometer von hier!«

»Alarmstart vorbereitet?« fragte der Kommandant, unfähig, den Blick vom Schirm zu nehmen.

»Es kann jederzeit losgehen, Sir«, sagte schräg hinter ihm Major Taka Amaso, Pilot und Erster Offizier des Explorers.

»Verdammt«, knurrte der Kommandant, »weshalb antworten sie denn nicht? Wer solche Schiffe baut, besitzt normalerweise auch Translatoren. Sie müssen den Spruch längst übersetzt haben.«

»Wirklich und wahrhaftig«, sagte jemand im Hintergrund.

Consyn Predam zuckte nur kurz zusammen.

Damit konnten ihn seine Leute längst nicht mehr aus der Ruhe bringen.

Wenn er nur ruhig gewesen wäre!

»Es geht uns durch die Lappen«, hörte er sich flüstern. Dann rief er laut: »Major Amaso – Alarmstart der EX-3135, sobald das Lichtschiff Fahrt aufnimmt und sich entfernt!«

»Lichtschiff, Sir?«

Predam gab keine Antwort. Er hatte den Begriff für sich geprägt. Wer nicht absolut begriffsstutzig war, wußte auch, was gemeint war. Amaso bestätigte. Die mächtigen Aggregate der EX begannen zu summen. Der Boden vibrierte. Das Schiff stand am der kleinen Stadt entgegengesetzten Rand des Raumhafens. Ein Gewaltstart, wie der Pilot ihn konnte, würde keinen Schaden anrichten.

Der Funkspruch lautete:

»An die Besatzung des soeben in diesem Sonnensystem materialisierten Raumschiffs! Wir begrüßen Sie als Freunde und freuen uns auf die Begegnung mit Ihnen. Bitte antworten Sie. Wir wiederholen: Wir begrüßen Sie als Freunde. Bitte antworten Sie!«

»Sie fliehen!« rief Dara Slow. Es klang erstickt. Die Ortungsspezialistin krümmte sich plötzlich in ihrem Sessel zusammen. Sie wollte noch etwas sagen, brachte aber keine Silbe mehr heraus.

Dennis Henning sprang auf und lief hin, um ihr zu helfen. Kommandant Predam hielt ihn nicht zurück. Für den Funker gab es in diesen Sekunden wohl ohnehin nichts mehr zu tun.

Denn der lichtumspielte Diskusraumer bewegte sich schon vom Planeten Traazam weg in Richtung auf die Grenzen des Systems. Die so erhaben wirkende Scheibe beschleunigte so schnell, daß der Oberst fast an seinem Verstand zweifelte.

Taka Amaso wartete auf den Startbefehl, aber Predam gab ihn erst gar nicht.

»Aufzeichnen, was nur irgendwie aufzuzeichnen ist«, sagte der Kommandant der EX-3135 resigniert und tief enttäuscht. »Sie beschleunigen mit mindestens tausend Kilometern im Sekundenquadrat. Da können wir nie mithalten.«

Ein Start und eine Verfolgung durch sein Schiff, das mußte er sich jetzt außerdem eingestehen, hätte die Fremden nur noch furchtsamer gemacht. Vielleicht wären sie dann nie mehr wiedergekommen.

So aber blieb die Hoffnung auf einen zweiten Besuch.

»Sir«, sagte Leutnant Henning, »sehen Sie doch.«

Predam sah zuerst, wie das Lichtschiff aus der Ortung verschwand, und dann Dara Slow.

2.

Daras Traum

Sie erwachte schweißgebadet. Ein junger Mann – wohl einer der Kolonisten, denn zur Besatzung der EX gehörte er nicht – saß neben ihr und blickte lächelnd auf sie herab.

Herab?

Dara Slow schloß die Augen noch einmal, bis die Benommenheit gewichen war und sie glaubte, ihre Eindrükke wieder klar verarbeiten zu können. Sie fühlte sich etwas müde und seltsam zerschlagen – wie bei einem Kater nach ausgelassenen Bordfesten. Sonst aber ging es ihr nicht schlecht. Irgendwo war eine Erinnerung an schreckliche Schmerzen, aber von denen spürte sie jetzt nichts mehr.

Als sie den jungen Siedler wieder sah, stand eine Frau neben ihm, ebenfalls völlig unbekannt. Doch dafür wußte Dara jetzt, wo sie dieses stereotype, maskenhafte Lächeln einzuordnen hatte, das auf beiden Gesichtern stand.

»Ärzte, nicht wahr?« fragte sie. Der Hals tat beim Sprechen weh. Er war trocken. In ihrer Brust brannte es. Sie kam ins Husten, und sofort wurde ihr von der Frau eine Maske vors Gesicht gehalten, aus der etwas mit süßlichem Geruch ausströmte. Sie inhalierte hektisch, und die Beschwerden klangen nach wenigen tiefen Atemzügen ab.

»Bleiben Sie bitte ganz ruhig, Miß Slow«, sagte die Frau, als sie die Atemmaske zurückzog und an einen Haken hängte. Am gleichen Gestell baumelten Plastikflaschen mit Schläuchen daran, und zwei der Schläuche endeten in Daras Armgelenken. »Erschrecken Sie nicht. Sie hatten einen schweren Schock, und Mister Predam hielt es für das Beste, Sie hierher zu uns zu bringen – ins Paracelsus-Hospital von Halmafing. Eine Behandlung in der Medostation Ihres Schiffes schien er nicht für ausreichend zu halten.«

»Sie meinen... *Oberst* Predam«, korrigierte die Raumfahrerin leise.

Im gleichen Moment fiel ihr ein, daß die Traazamer sich weigerten, militärische Ränge anzuerkennen oder auch nur in den Mund zu nehmen.

»Sie haben lange geschlafen, Miß«, sagte der junge Siedler. »Insgesamt achtzehn Stunden. Nachdem sie, wie Ihr Vorgesetzter berichtete, an Ihrem Platz in der EX-3135 bewußtlos zusammengebrochen waren, stand es eine Weile nicht gut um Sie. Wir konnten aber Ihren Kreislauf stabilisieren und ließen Sie schlafen. Das ist mit die beste Medizin.«

Er war höchstens 35 Jahre alt, sah gut aus und maß mindestens 1,80 Meter. Seine Haare waren dunkel, sie fielen in die Stirn und bis auf die Schultern. Seine Augen waren von kleinen Fältchen umgeben und wirkten fröhlich. Der Mann war ihr sofort sympathisch. Typische Arztkleidung trugen weder er noch seine Kollegin. Sie waren völlig leger angezogen. Nur am linken Brustteil ihrer bunten Jacken war ein Anstecker mit dem Symbol eines Stabes und einer Stange. Dara kannte es als Symbol des Ärztestandes auf vielen von Terranern besiedelten Welten, kam aber nicht auf seinen Namen.

Der Mann drückte auf einen Knopf, und langsam richtete sich das Kopfteil des Krankenbettes auf. Dara sah sich um. Es war das einzige Bett in dem etwa vier mal fünf Meter großen Zimmer, in das auch eine Hygienekabine integriert war. Über sich sah Dara eine hellgrün getönte Decke, an der Wand zu ihrem Fußende drei Bildschirme. Rechts und links neben dem Kopfende des Bettes standen Tischchen mit Ablagen und Tasten bereit, mit denen sie die Videoschirme oder Musikberieselung an- und ausschalten konnte, notfalls einen Arzt oder Pfleger rufen.

»Ich bin Darn«, stellte sich der junge Arzt vor, als er ihr einen Becher mit heißem Kaffee reichte. »Darn Magfallow, aber Darn reicht. Die Dame neben mir ist Kyte Denbrasker, die Oberärztin der Paracelsus-Klinik in Person. Und was für eine Person sie ist.«

»Hören Sie nicht auf ihn«, sagte die Medikerin lächelnd. »Ich bin Kyte, einverstanden? Na, fantastisch. Dara – ich darf doch Dara zu Ihnen sagen?«

»Klar.« Die Ortungsspezialistin nickte und trank von dem heißen Kaffee. Er tat gut. Sie hatte das Gefühl, etwas *zu* gut.

Hatten die Kolonisten ihr etwas hineingemischt? Wo waren Predam und die anderen?

»Dara«, sagte die Ärztin eindringlich. »Auch wenn es Sie vielleicht quält – was ist das letzte, an das Sie sich noch erinnern? Sie hielten sich in der Zentrale der EX-3135 auf. Das Raumschiff der Unbekannten hatte sich unserem Planeten bis auf unter 700000 Kilometer genähert. Und dann?«

Schnitt.

Dara begann zu zittern. Sie bemerkte es aber erst, als Darn Magfallow ihre Hand nahm, den Kaffeebecher fortstellte und sie sanft festhielt.

»Sie haben keine Erinnerung, Dara?« fragte er. Die Stimme war ruhig und tat wohl, verstrahlte Geborgenheit. Seine Hände waren warm, die Berührung war angenehm. »Nichts mehr, seit...?«

Schnitt.

Sie versuchte es. Sie versuchte, die Erinnerung an das herbeizuzwingen, was in der EX mit ihr geschehen war. Es gelang nicht. Das Lichtschiff – selten war eine Bezeichnung zutreffender gewesen als die von Consyn geprägte – war zum Stillstand gekommen.

Und dann nichts mehr.

Aber allein der Gedanke an das fremde Raumschiff brachte Daras Puls schlagartig wieder in die Höhe. Sofort reagierten die Ärzte. Sie lasen irgendwelche Kurven von einem Bildschirm ab und drückten auf Tasten, gaben Werte ein und jagten sie durch einen Medocomputer.

Die Flüssigkeit aus den Flaschen begann in Daras Venen zu tröpfeln. Eine Sonde stach in ihren Hals und spritzte ihr eine Medikamentenlösung, die der Computer innerhalb von Sekunden für sie ausgerechnet und gemixt hatte.

Sie spürte, daß sie ruhiger wurde, ruhig und schläfrig. Und daß hier etwas mit ihr geschah, das sie nicht kontrollieren konnte.

Weshalb zeigte sich niemand von der Explorer-Besatzung? Warum nicht der Bordarzt? War das Schiff etwa schon gestartet, um nach der Diskusscheibe zu suchen?

»Ich will mit Con sprechen!« verlangte Dara Slow in einem letzten Aufbäumen. »Verdammt, wo ist Consyn? Wo... sind die anderen?«

Sie sah nicht mehr, wie der junge Arzt und seine Kollegein neben ihr von ihren Stühlen aufstanden und sich zunickten.

Die Welt hatte sich wieder um sie geschlossen. Sie stürzte zurück in ihren Mikrokosmos, dessen Tore sich zum zweitenmal für sie öffneten.

Die Tore des Himmels – und der Hölle.

Und Dara träumte:

Sie war nicht allein. Sie war inmitten ihrer Gefährten. Aber es war nicht so, wie sie es bisher gekannt hatte.

Wie es der Körper gekannt hatte, der wie eine hohle Hülle ein Stück neben ihr schwebte. In ihm war sie bis zu diesem Moment zu Hause gewesen. Irgendwie war er mit ihr gekommen. Und er wartete darauf, daß sie in ihn zurückkehrte.

Die anderen sahen ihn nicht.

Lyssa wunderte sich darüber, daß sie es tat, und daß sie derartige Erinnerungen besaß. Oder waren es Träume?

Wir werden schwach, Lyssa!

Natürlich spürte sie es, sie als erste. Sie führte das Schiff, und sie hatte doch eigentlich von Anfang an gewußt, daß sie es nicht tun konnte.

Es war so wichtig für sie. Sie mußten *jemanden finden. Aber dieses Leben dort unten, auf dem zweiten Planeten dieses Systems, war krank und trug schon den Keim des Todes in sich, ohne es zu wissen.*

Wenn sie sich jetzt mit diesem Leben einließen, starben sie auch. Vielleicht wurden sie aus ihrer größten Not gerettet, aber der Keim des Todes würde sich auf ihren Inseln und auf der Großen Mutter einschleichen.

Er würde sich festsetzen wie ein Geschwür, und sie alle auslöschen, morgen oder übermorgen.

Lyssa zitterte. Ihre langen, durchsichtigen Finger huschten über die Öffnungen in ihrem Pult, durch die sie die Impulse an die Medusen schickte. Die Insel stand still. Sie näherte sich nicht mehr der fremden Welt, aber sie zog sich noch nicht zurück.

Wir leiden, Lyssa. Unsere Kraft... läßt nach. Zurück, Lyssa, zurück!

Sie drehte sich langsam um und sah die Gefährten in ihren Sitzschalen, während sie selbst vor Angst zitterte. Seltsam, aber in diesem Augenblick kam es ihr vor, als sähe sie die anderen zum allerersten Mal.

Und gleichzeitig sah sie die hohle Körperhülle neben sich schweben, mit der sie jetzt nichts mehr anfangen konnte. Sie erschreckte sie seltsamerweise nicht.

Ganz im Gegenteil zu den Impulsen, die sie vom zweiten Planeten wahrnahm. Kanaa, Odym, Rayn, Belphe, Laana und Swadaa – sie krümmten sich. Sie ertrugen die Eindrücke nicht.

Dort unten starb Leben, starb immer mehr Leben. Dort unten lebten Intelligenzen, und diese Intelligenzen hatten nichts Besse-

res zu tun, als sich in das Lebende hineinzufressen und sich von toten Dingen mehr und mehr abhängig zu machen.

Aber wir brauchen Hilfe!

Es war der dritte Anlauf. Lyssa führte zum erstenmal die Insel. Ihr hatte man zugetraut, hart genug zu sein, um das schier Unmögliche zu schaffen und in Kontakt mit dem Toten Leben zu kommen.

»An die Besatzung des soeben in diesem Sonnensystem materialisierten Raumschiffs. Wir begrüßen Sie als Freunde und freuen uns auf die Begegnung mit Ihnen. Bitte antworten Sie!«

Das war ihre Botschaft. Sie klang gut. Mehr hätten sie eigentlich gar nicht erwarten dürfen.

Aber sie konnte nicht antworten. Sie hatte alle Möglichkeiten dazu, doch es ging nicht. Zwischen ihr und dem Toten Leben auf dem zweiten Planeten stand eine Mauer aus Gegensätzlichkeiten, wie sie größer kaum sein konnten. Und eine Mauer aus Angst – ihrer panischen Angst vor der Begegnung.

Die Gefährten waren am Ende ihrer Leidensfähigkeit angelangt. Ihre Qualen fanden in Lyssa ein vielfaches Echo. Die feinen Finger zitterten noch heftiger. Lyssa versuchte zu kämpfen. Sie versuchte es wirklich, mit all ihrer Kraft.

Aber davon war nicht mehr viel übrig. Sie sah sich und ihre Brüder und Schwestern in einer schrecklichen Vision, wie sie zwischen zwei gewaltigen Blöcken aus Stein und Metall zerrieben und vernichtet wurden. Das Böse griff immer heftiger nach der Großen Mutter, und ohne Hilfe konnten sie nicht mehr viel dagegen tun. Was für Lyssa galt, galt für das ganze Volk.

Sie hatten fast keine Kraft mehr. Sie waren aufgebraucht, verloren.

Ein Schmerz jagte durch Lyssas Körper und Geist, der sie an ihrem Platz zusammenbrechen ließ. Sie kämpfte um die Kontrolle über ihr Bewußtsein und hatte nur noch den einen Gedanken, den sie festhielt wie eine rettende Hand.

Mit lang ausgestrecktem Arm gab sie die Impulse an die

Medusen. Sie schaffte es gerade noch. Die Medusen, tief in der Insel verteilt, atmeten ihre Energien aus und setzten die Insel sanft in Bewegung; ohne Ruck, aber dann blitzschnell werdend.

Dann sah Lyssa noch einmal die Hülle, die auf sie zuschwebte. Das letzte, was sie bewußt erlebte, war das Gefühl, in einen warmen Raum zu gleiten – und dann in zwei Teile gerissen zu werden.

Dann war nichts mehr.

Als Dara diesmal die Augen aufschlug, war sie allein. Sie lag in dem gleichen Krankenzimmer, in dem sie vorhin aufgewacht war.

Vorhin?

Sie erinnerte sich an die beiden Ärzte, an die wenigen Fragen, die sie gestellt hatten, an ihre Gesichter und sogar ihre Namen. Sie war also hellwach gewesen. Der Kaffee, die Verwunderung darüber, daß sie keinen von der Ex-Besatzung sah, immer wieder die Fragen, und dann...

Etwas hatte sie umgehauen, ihren Puls hochgejagt und eine medizinische Apparatur in Gang gesetzt, die sie ganz offensichtlich mit Drogen vollpumpte und einschlafen ließ.

Dara sah an sich herab. Sie lag noch immer auf dem Bett, natürlich. Eine leichte Decke war bis zu den Hüften über sie gelegt. Sie trug ihre Unterwäsche, sonst nichts. Aber die Nadeln steckten nicht mehr in ihren Venen.

Was sollte das jetzt wieder?

Sie fühlte sich besser als vorhin, wieviel Zeit seitdem auch wieder vergangen sein mochte. Sie hatte ihre Armbanduhr um und warf einen Blick darauf. Als Datum wurde der 3. März 2361 angezeigt, 14:31 Uhr Planetenzeit. Es war kein Schaltjahr, also waren seit Daras Blackout in der EX-3135 vier Tage vergangen.

Sie hatte keinen Hunger, nur etwas Durst. Auf dem

Tischchen links neben dem Kopfende standen ein Becher und eine Karaffe mit Saft. Offenbar wurde von ihr erwartet, daß sie sich selbst nahm, was sie brauchte, während sie vorhin noch wie eine Schwerkranke behandelt worden war.

»Auch gut«, murmelte sie. »Dann muß ich mir euer Verhör nicht gefallen lassen.«

Captain Dara Slow goß sich von dem Saft ein und trank in kleinen Zügen. Das Brennen im Hals war verschwunden. Der Saft schmeckte gut.

Vorsichtig richtete sich die Raumfahrerin auf. Sie saß im Bett und wartete ab, ob ihr Kreislauf Schwierigkeiten machen wollte. Als das nicht der Fall war, schlug sie die Decke zurück und stand ganz auf.

Bei den ersten Schritten hatte sie noch ein taubes Gefühl in den Beinen. Sie stützte sich auf den Bettrahmen, die Taubheit ließ schnell nach. Dara sah durch die großen Fenster auf einen Teil von Halmafing hinab. Der Perspektive nach zu urteilen, befand sie sich mindestens im vierten Stock der Klinik.

Die Aussicht konnte sie später genießen. Dara ging zur Hygienekabine. Irgendwie hatte sie das Gefühl, sich waschen zu müssen, obwohl die Ärzte das bestimmt schon getan hatten.

Vielleicht gerade deshalb.

»Aber der Junge war nett«, sagte sie und lächelte schwach.

Leider spielte er in diesem verwirrenden Spiel eine genauso undurchsichtige Rolle wie seine Vorgesetzte. Irgend etwas war faul an der Sache. Dara sah ihre Kombination in einem offenen schmalen Schrank an der Rückwand der Kabine hängen. Sie drehte sie um, wollte nach dem Minikom suchen. Es war die gleiche Uniform, die sie in der EX zuletzt getragen hatte. Wenn die Kolonisten sie nicht durchsucht und ausgeplündert hatten, mußte das

Kleinfunkgerät noch in seiner Tasche sein, und sie konnte versuchen, die EX-3135 damit zu erreichen.

Dann ging sie doch zuerst zur Waschecke.

Das war wichtiger.

Als sie sich im Spiegel sah, stieß Dara einen spitzen Schrei aus.

Dara Slow taumelte rückwärts. Ihre Beine berührten etwas. Sie knickte in den Kniekehlen ein und fiel auf den Toilettendeckel.

Schweiß brach ihr aus. Eine Woge von Angst überschwemmte die Achtundzwanzigjährige. Wie gehetzt sah sie sich um. Sie wollte schreien, um Hilfe rufen, aber etwas versiegelte ihr den Mund. Ihr Herz schlug wie wild. Der Magen krampfte sich zusammen. Für einige schrecklich lange Sekunden glaubte Dara sogar, keine Luft mehr zu bekommen.

Ruhig! dachte sie verzweifelt. *Bleib ganz ruhig! Es ist niemand hier, der dir jetzt hilft!*

Sie streckte die linke Hand aus. Ihre Finger konnten von hier aus die Uniformkombi berühren und fanden die Tasche, in der sie normalerweise ihren Minikom mitführte.

Jetzt war sie leer. Alles andere wäre für sie eine Überraschung gewesen.

Ich bin gefangen! durchzuckte es sie.

Aber immerhin lenkte der Gedanke sie von dem ab, was sie so erschreckt hatte; aus ihrer Wut wurde Trotz, und aus Trotz wurde neue Kraft zur Auflehnung gegen das, was sie mit ihr taten – oder was aus ihr selbst kam.

Ganz langsam erhob sie sich wieder. Sie blieb stehen, wo sie war, und sah ihr Gesicht gut zwei Meter entfernt im Spiegel auftauchen und nach oben wandern.

Sie war es, natürlich. Was hatte sie denn zu sehen geglaubt? Es war das etwas herbe, aber durchaus sehenswerte Gesicht einer attraktiven jungen Terranerin. Ihre kupferfarbenen, halblang getragenen Haare waren unfrisiert und sahen etwas wild aus. Einige goldgelb gefärbte Strähnen hingen ihr über die großen, braunen Augen. Die gerade Nase mit dem Muttermal auf der rechten Seite und der ungeschminkte Mund mit den für Daras Begriffe etwas zu vollen Lippen, das spitze Kinn, der schmale Hals – alles war so, wie sie sich tausende Male im Spiegel gesehen hatte. Nur die Haut war etwas bleicher.

Aber eben hatte sie etwas anderes gesehen, ein anderes Gesicht. Sie hatte sich jetzt wieder in der Gewalt und versuchte krampfhaft, sich an dieses andere Gesicht zu erinnern. Hatte der Schreck seine Züge in ihrem Gehirn ausgelöscht?

Vielleicht sollte sie doch einen Arzt rufen. Vielleicht half es, mit jemand zu reden. – Aber verdammt, sie wollte mit Consyn Predam reden, oder mit Henning oder Amaso!

Dara wusch sich das Gesicht, ohne sich dessen bewußt zu sein. Sie tat es so gründlich, als hätte sie sich mit schwarzer Farbe beschmiert. Auch daß sie sich gut abtrocknete, merkte sie nicht. Sie stand plötzlich wieder neben dem Krankenbett und suchte nach der Ruftaste für das Personal.

Einer der Bildschirme in der Wand erhellte sich und zeigte das hübsche Gesicht einer jungen Kolonistin. Sie trug ebenfalls ein Stab- und Schlangen-Symbol auf ihrer Kleidung.

Jetzt fiel es Dana wieder ein. Es hieß Äskulapstab und war seit uralten Zeiten das Zeichen für...

»Sie wünschen, Miß Slow?« fragte die Siedlerin.

»Sie kennen also meinen Namen«, stellte Dara fest. Sie nickte. »Natürlich kennen Sie ihn. Sie sind ebenfalls Ärztin?«

»Ich bin Pflegerin«, erwiderte das Mädchen mit bedauerndem Lächeln. »Wenn Sie einen Wunsch haben, nennen Sie ihn mir bitte. Ich werde...«

»Ich will mit Dr. Magfallow sprechen«, unterbrach Dara sie ungeduldig. »Oder mit der Oberärztin, sofort!«

Die Pflegerin seufzte und warf einen schnellen Blick zur Seite. Dara hätte es interessiert, wen oder was sie da ansah. Vielleicht Magfallow, der außerhalb des Erfassungsbereichs der Optiken neben ihr saß? Oder Kyte Denbrasker?

»Nur zu Ihrer Information, Miß Slow – es gibt bei uns keine Titel, also auch keine Doktoren. Was die Ärzte angeht, so sind Kyte und Darn zur Zeit leider absolut unabkömmlich. Ein Notfall, Sie verstehen? Sie operieren gemeinsam einen Mann, der bei einem schweren Unfall...«

»Dann irgendeinen anderen Dok... Arzt! Schicken Sie mir eben einen.«

Wieder das unverbindliche Lächeln. »Tut mir leid, Miß Slow, aber nur Darn und Kyte sind mit Ihrem Fall vertraut.«

Dara atmete tief durch. Sie ballte die Fäuste und starrte die Kolonistin an wie die Gegnerin in einem Zweikampf, der sie gleich an die Gurgel wollte.

»Mit *meinem Fall*?« schrie sie den Bildschirm an. »Verdammt, welche verfluchte Schau läuft hier eigentlich ab? Ich will sofort eine Verbindung zur EX-3135. Ich verlange es!« Sie rang nach Luft. »Kleine, Sie werden sich mehr Ärger einhandeln, als Sie sich vorstellen können, wenn ich nicht in drei Minuten mit Oberst Predam vom Explorer geredet habe!«

Es war der Pflegerin nicht anzusehen, ob sie schockiert war. Ihr rechtes Augenlid und die Lippen zuckten ganz kurz und kaum wahrnehmbar, aber sonst hatte sie sich gut in der Gewalt.

»Ich werde sehen, was ich für Sie tun kann, Dara«, verkündete sie und unterbrach die Verbindung.

»Miß Slow!« schrie die Raumfahrerin den Monitor an, aber der war schon dunkel.

Sie war in der Tat gefangen.

Sie hätte jetzt zur Tür gehen und sich davon überzeugen können, daß sie abgeschlossen war, aber den Gefallen wollte sie den Traazamern nicht tun. Sie wußte es erstens auch so, und zweitens war sie mittlerweile davon überzeugt, daß jeder ihrer Schritte und jede Handlung von gut versteckten Optiken beobachtet wurde.

Auch das, was ihr in der Hygienekabine passiert war?

Dara hatte das starke Bedürfnis, das Gesicht zu waschen.

Sie stand vor dem Fenster und sah auf die Stadt hinab. Von hier aus konnte sie den Raumhafen nicht sehen. Zufall?

Inzwischen hatte sie ihre Uniform angezogen. Auch die Waffe fehlte, aber das sollte sie nicht aufhalten. Irgendwann würden sie wieder nach ihr sehen wollen, und sie war entschlossen zu fliehen.

Ihr Gesicht juckte.

Halmafing war nur flächenmäßig groß. Die Wohnhäuser gruppierten sich weitläufig um einen kleinen Kernkomplex von Verwaltungseinheiten herum. Auf jedes Haus kam die mindestens zehnfache Fläche, die von den Bewohnern in naturbelassenem Zustand gehegt und gepflegt werden mußte. Das war eines der Gesetze auf Traazam.

Bisher hatte Dara die Bewohner der Welt sympathisch gefunden. Sie hatte sie sogar für ihren Mut bewundert, auf diesem Planeten ein Experiment zu wagen. Sie zweifelte allerdings daran, daß die Kolonie sich so entwickeln würde, wie es die Gründer in einem Langzeitprogramm geplant hatten. Knapp 16 Jahre war sie jetzt alt, geführt von dem verrücktesten Paar, das Dara je gesehen hatte. Sie hatte die Sanchessons auf dem Empfang kennengelernt, der der gesamten Mannschaft der EX-3135 am Tag nach ihrer Ankunft gegeben worden war – am 10. Februar, also vor gut drei Wochen.

Pablo, 53 Jahre alt, schwarzhaarig und klein, war ein echter Mittelamerikaner. Seine Eltern hatten im terranischen Bundesstaat Mexiko gelebt und Sanchez geheißen. Svenja, 63 Jahre, stammte aus der Region Skandinavien und hieß mit Nachnamen ursprünglich Svensson. So wie die beiden sich in vielen Jahren zusammengerauft hatten, hatten sie zuletzt auch ihre Namen zusammengelegt. Als Zeichen der Gleichberechtigung beider Partner, so hatte Svenja beim Empfang getönt, aber da war jedem schon klar gewesen, wer bei dieser Gleichberechtigung den Ton angab.

Was war das – da in der Scheibe? Dara machte einen Schritt zurück. Wieder spürte sie plötzliche Panik aufwallen. Aber diesmal faßte sie sich schneller. Eine Spiegelung? Wovon? Einbildung?

Sie hätte schwören können, ein Gesicht gesehen zu haben. Und dabei hatte sie etwas empfunden, das sie mit keinem ihr bekannten Wort beschreiben oder mit irgendeiner bekannten Empfindung vergleichen konnte.

»Verdammt«, fluchte sie. »Kommt endlich!«

Wieso ließ Consyn Predam es zu, daß man sie hier gefangenhielt? Die EX hatte sich nicht gemeldet, und seit dem Gespräch mit der Pflegerin waren keine drei Minuten vergangen, sondern fast drei Stunden.

Was hatten diese Ärzte ihm erzählt?

Sie durfte nicht daran denken. Sie wollte nicht verrückt werden. Alles in diesem Raum kam ihr vor wie in einem Irrenhaus. War das überhaupt eine Klinik?

Und wieder diese Spiegelung, wieder ganz kurz etwas in der Scheibe, das sie irgendwo tief in ihrem Unterbewußtsein berührte. Es war *ein Gesicht!*

»L... Lyssa?« hörte die Terranerin sich flüstern.

Was für ein Name war das? Er kam ihr so bekannt vor,

als hätte ihre allerbeste Freundin so geheißen, mit der sie im Sandkasten gespielt hatte, dann die ersten Freunde gehabt und auch sonst allerlei erste verbotene Dinge getan hatte.

Aber Dara wußte genau, daß es nie eine Lyssa gegeben hatte.

Sie versuchte sich mit Fluchtplänen abzulenken. Es konnte ihr gelingen, Darn und Kyte – oder wer immer sonst nach ihr sehen kam – mit einem Überraschungsangriff auszuschalten. Sie war eine gute Einzelkämpferin, auch ohne Waffen.

Aber dann?

Sie hatte ja keine Ahnung, wie viele Menschen sich in dem Gebäude aufhielten. Wenn es tatsächlich vier oder fünf Stockwerke besaß, war es ohnehin das höchste der Siedlung. Es gab nur zwei dieser häßlichen Klötze – diesen und einen höchstens dreistöckigen, der Sitz der Verwaltung. Ungesehen nach unten zu gelangen und sich zum Raumhafen durchzuschlagen, war fast ein Ding der Unmöglichkeit.

Dara warf sich trotzig aufs Bett und starrte zur Decke.

Was war in die Siedler gefahren? Wie konnten sie es sich anmaßen, sie, einen Offizier der Explorerflotte, hier einzusperren? Was wollten sie von ihr? Oder wollten sie am Ende etwas von der EX-3135?

Wollten sie etwa Consyn Predam erpressen?

Es machte sie verrückt, nicht zu wissen, ob das Schiff überhaupt noch auf Traazam stand, und was man dort womöglich über »ihren Fall« von den Ärzten mitgeteilt bekam. Es mußte verdammt überzeugend klingen, denn Predam war, bei aller Ruhe und Gelassenheit, kein Mann, der lange fackelte, wenn es um seine Leute ging und ihm irgend etwas faul vorkam.

Dara Slow verwünschte den Tag, an dem sie auf Traazam gelandet waren.

Die Siedler hatten, nach den beiden Annäherungen der Lichtschiffe am 1. September 2360 und fünf Monate später, die Solare Flotte über die Zwischenfälle informiert. Man hatte ja anfangs geglaubt, weit und breit sei keine raumfahrende Zivilisation beheimatet, und hatte nun offenbar Angst davor bekommen, in Schwierigkeiten zu geraten – obwohl die Fremden in beiden Fällen panikartig die Flucht ergriffen, sobald sie sich dem Planeten bis auf die dreifache Monddistanz genähert hatten.

Von dem in der Northside operierenden Raumschiff der Flotte, das den Hyperfunkspruch empfangen hatte, gelangte die Nachricht über Relais bis nach Terra.

Nur zwei Tage später hatte sich kein geringerer als Reginald Bull höchstpersönlich, der Chef der Explorerflotte, eingeschaltet und veranlaßt, daß die EX-3135 und zwei Begleitschiffe zur Fenntner-Ballung aufbrachen. Das war natürlich ganz im Sinne der Siedler, die nachdrücklich darum gebeten hatten, um Himmels willen kein großes Aufsehen zu erregen.

Die EX-6544 und die EX-8116 sollten die Ballung und die nahegelegenen Regionen des benachbarten Spiralarms überall dort durchforschen, wo es noch Lücken gab. Bull hatte die unbekannten flachen Diskusraumschiffe zur »Chefsache« erklärt. Wo und wann immer eines von ihnen gesichtet wurde, sollte ihm unverzüglich Meldung gemacht werden.

In sechs anderen Sektoren der Milchstraße, wo ebenfalls solche Schiffe aufgetaucht und sofort wieder verschwunden waren, kreuzten ebenfalls wieder Explorerraumer. Diese Sektoren lagen so weit auseinander, daß die flachen Schiffe nicht von einem jungen, noch unbedeutenden Sternenvolk ausgeschickt sein konnten. Wer fast überall in der Milchstraße plötzlich präsent war, der verfügte über hervorragende technische Mittel – so dachte man auf Terra. Und daß, wie von Traazam gemeldet, die

Diskusscheiben in beiden Fällen von der galaxisabgewandten Hälfte der Sternenballung gekommen waren, nährte nur den Verdacht darauf, daß sie aus einer anderen Milchstraße stammen konnten.

Und das in einer Zeit, in der allgemeine Aufbruchstimmung herrschte. Es herrschte mehr oder weniger Frieden in der Galaxis. Perry Rhodan, so war bekannt, träumte spätestens seit der Entdeckung des Planeten Kahalo davon, sogar Andromeda zu erreichen.

Wahrscheinlich, dachte Dara, hatten sie auch deshalb keine Einheiten der Solaren Flotte hierhergeschickt, um jedes ungewollte Provozieren eines Konflikts mit den Unbekannten von vornherein zu verhindern. Es war letztlich ein Unterschied, ob die Fremden in ihren »Inseln« plötzlich einen relativ kleinen Explorerraumer auf sich zukommen sahen, oder ob sie ein Gigantschiff der Imperiumsklasse erblickten.

Inseln!

Dara sprang auf und zwang sich dazu, ganz ruhig und kräftig zu atmen. Sie benutzte eine Entspannungstechnik, die ihr schon in mancher kritischen Situation geholfen hatte. Diesmal wollte sie die Panik erst gar nicht in ihr Gehirn kriechen lassen.

Und sie schaffte es.

Der Begriff »Inseln« echote in ihrem Bewußtsein. Sie nahm den Namen dazu, Lyssa. Dara spürte, daß sie das erste Stück einer Brücke betreten hatte, eines hauchdünnen geistigen Fadens, den sie jetzt festhalten mußte, wenn sie jemals erfahren wollte, was mit ihr geschehen war.

Inseln, Lyssa...

Sie mußte sich das Gesicht waschen. Sie mußte aufpassen, ob jemand hereinkam, und dann sofort bereit sein zum Kampf. Sie mußte darauf achten, daß sie den Kontakt nicht verlor, zur realen Welt, zur...

Inseln, Lyssa, Medusen . . .

Der neue Begriff flackerte in ihr auf und sprengte fast ihr Gehirn.

Sie sah sich wieder im Raumschiff der Fremden, in ihrer *Insel,* und mit Lyssas langen, feingliedrigen Fingern in die Pultöffnungen tasten, um die nötigen Impulse an die Medusen zu geben.

Das ganze Bild war plötzlich wieder da, und Dara Slow sah und hörte nicht, wie sich die Tür ihres Krankenzimmers öffnete und die Siedler hereinkamen.

3.

Die Katastrophe

Oberst Consyn Predam hatte sich die ganze Geschichte schweigend angehört. Nicht ein einziges Mal hatte er sie unterbrochen. Er hatte sie reden lassen und geduldig gewartet, wenn sie die eine oder andere Pause machte, um ihre Gedanken und Erinnerungen neu zu sortieren.

»Genauso war es, Con«, sagte sie abschließend. »Halt mich für verrückt oder glaub's mir – ich *war* in diesem Wesen, in Lyssa. Und ich *war* auf ihrem Raumschiff, das sie ›Insel‹ nennen.«

Es war der 4. März, die ersten Stunden des Tages. Captain Dara Slow und Oberst Consyn Predam waren allein in der Kabine des Kommandanten.

Der Plophoser sah sie lange an, ehe er nickte.

»Ich wüßte wahrhaftig keinen Grund, warum ich dir nicht glauben sollte, Dara«, sagte er und nahm dabei das Duzen auf, das die Terranerin während ihres Vortrags plötzlich und übergangslos benutzt hatte, ohne sich dessen überhaupt bewußt zu sein. Jetzt erst merkte sie es und wollte sich schon entschuldigen, aber er winkte ab.

In diesen Stunden, nach den grausamen Tagen des Zweifelns und Verzweifelns, war Consyn Predam für sie wie ein Ersatzvater; der einzige Mensch an Bord, dem sie sich mit ihrer fantastischen Geschichte mitzuteilen traute.

»Es war wie ein Traum«, sagte sie heftig und trank. Sie hielt normalerweise nichts von Alkohol, aber der plophosische Wein aus Predams privaten Vorräten schmeckte sehr gut. Er lockerte ihre Zunge, wo sie ansonsten geschwiegen hätte. »Ein Traum, aber eben auch keiner, Con. Ich meine, ich hatte dieses Erlebnis und bin dabei zusammengebrochen, und diese verdammten Ärzte haben mit mir gespielt und mich durch ein Dutzend Höllen gejagt, bevor ich...«

»Sie haben alles mit mir abgesprochen, Dara«, unterbrach er sie. »Ich war jederzeit informiert – über alles, was sie taten. Sie funkten mir sogar einige Bilder in die EX, die sie von dir aufnahmen.«

Sie nahm noch einen Schluck Wein und knallte das leere Glas auf den Tisch, an dem sie saßen.

»Jaja, ich weiß«, sagte sie. »Du hast es mir ja schon zweimal erzählt, aber leider erst hinterher. Oberst, das hätte ich nicht von dir erwartet.«

Er grinste sie an.

»Friede, Dara«, bat er. »Was hätten wir tun sollen? Das Lichtschiff floh so schnell wieder, daß wir keine Chance hatten, auch nur zu einer Verfolgung anzusetzen. Und im gleichen Moment bekamst du deinen Anfall. Du bist zusammengebrochen, und zwar total. Aber du hast einige Worte gemurmelt, in einer Sprache, die ich nie gehört habe.«

»Wieso konnte ich nicht an Bord behandelt werden? In der Medostation?«

»Aufgrund des Befundes der Medoroboter, die ich sofort gerufen habe.« Predams Gesicht wurde unvermittelt ernst. »Dara, bitte hör genau zu. Du hattest einen wahrhaftig verdammt schweren Schock, und zwar keinen von der Sorte, die wir bei uns behandeln können. Deshalb wandte ich mich an die Klinik. Wir konnten dich sofort hinbringen, und dieser Doktor Magfallow...«

»Nicht Doktor, Con«, korrigierte sie ihn mit einem Anflug von Sarkasmus. »Die Siedler kennen keine Titel.«

»Meinetwegen«, brummte der Oberst. »Das ist mir sowas von egal. Auf jeden Fall kümmerte sich dieser Magfallow wahrhaftig rührend um dich. Der Mann gilt als der beste Psychologe in diesem Sternenhaufen.«

»Oh nein!« Dara lachte schrill. Sie schenkte sich noch ein Glas ein. »Con, du meinst, der beste Psychologe unter 8341 Siedlern.«

»Hör auf zu trinken«, sagte Predam.

»Ich fange erst an, Väterchen. Ich sehe dann vielleicht alles etwas klarer. Komm und zier dich nicht. Auf Plophos und die ungekrönte Königin der Galaxis. Auf Mory Rhodan-Abro!«

Damit war er immer zu kriegen. Wenn es um die Tochter des ehemaligen Widerstandskämpfers Lord Kositsch Abro ging, der mit seiner Organisation den Diktator Iratio Hondro an allen Fronten bekämpft hatte, war Oberst Consyn Predam normalerweise steif wie der legendäre Engländer vom Ende des letzten Jahrtausends mit all seinen Kings und Queens. Eine beleidigende Äußerung gegen den neuen Obmann von Plophos, eben Mory, war so ziemlich das einzige, womit man den Oberst wirklich aus der Fassung zu bringen vermochte.

»Auf Mory Abro-Rhodan«, erwiderte der Plophoser und ließ sein Glas gegen Daras Glas klingen. Dabei betonte er das »Abro-Rhodan«. Mory Abro war seit dem Jahr 2329 die Gattin des Großadministrators des Solaren Imperiums, Perry Rhodan. Jeder echte Plophoser setzte aber die beiden Nachnamensteile in umgekehrter Reihenfolge aneinander als in der offiziellen Version.

»Was wolltest du mir über diesen... diesen Magfallow erzählen?« fragte Dara. »Ich meine natürlich, über Darn.«

Predam grinste wieder.

»Er gefällt dir, nicht wahr? Du wärst keine normale Frau, wenn er dir nicht imponieren würde. Immerhin ist er der Traum so ziemlich aller unverheirateten jungen Damen auf Traazam.«

»Pfft!« machte Dara. »Und wenn schon. Er hätte mir sagen sollen, was er von mir wollte. Und zwar nicht erst, als ich heulend auf diesem verfluchten Bett lag wie ein kleines Kind, dem sie sein Spielzeug weggenommen haben.«

»Es war viel schlimmer, Dara«, korrigierte er sie, »und du weißt das verdammt genau. Und hör endlich auf zu fluchen, zum Dämon!«

»Dann hör auch du auf.«

Sie zog die Beine an, setzte die Füße auf die Sesselkante und umklammerte die Knie mit beiden Armen. Sie starrte vor sich hin wie ein schmollender Teenager und sah immer wieder die gleichen Bilder.

Vielleicht war es nur ein Traum gewesen, vielleicht mehr.

Jedenfalls war sie wieder eingeschlafen und wieder erwacht und hatte Darn Magfallow und Kyte Denbrasker am Bett stehen gesehen – genau wie beim erstenmal.

Nur hatte sie jetzt ihren Traum in jeder Einzelheit vor Augen, und als sie ihn Darn erzählte, sah sie die ganze Zeit über nicht sein Gesicht vor sich, sondern das von Lyssa.

In diesem Moment war es ihr völlig egal gewesen, daß sie ihn und Kyte noch immer für Entführer, Erpresser, Sadisten oder irgendwelche undurchsichtige Elemente halten mußte. Sie mußte reden. Sie hätte ihren Traum dem leibhaftigen Teufel erzählt, wenn der zufällig dagewesen wäre. Sie brauchte ein Ventil. Es mußte aus ihr heraus. Sie sprach und sprach mit klopfendem Herzen, und Darn Magfallow war ein äußerst guter Zuhörer.

Ein professioneller Zuhörer.

Er hatte sie angelächelt und ihr aufmunternd zugenickt, als sie fertig war und heulte. Und dann hatte er ihr alles erklärt.

»Psychologen, pah!« Dara machte eine wegwerfende Geste. »Ich wußte immer, daß man am besten einen weiten Bogen um sie macht.« Sie setzte eine nachdenkliche Miene auf, dann lächelte sie frech. »Aber ein süßer

Junge ist er, dieser Doktor Magfallow. Ein ganz hübscher Süßer...«

Sie lachte kindisch und wollte nach dem Glas greifen. Predam war schneller und zog es ihr weg.

»Gib das zurück, Con!« forderte sie.

»Du trinkst jetzt nichts mehr, Dara. Was du mit Darn Magfallow zu regeln hast, kannst du tun, wenn du zu ihm gehst. Er will dich morgen noch einmal sehen und einige Untersuchungen anstellen.«

Sie starrte ihn mit offenem Mund an. Dann sprang sie auf und lachte schrill.

»Untersuchungen? Noch einmal in dieses Irrenhaus? Du... du bist übergeschnappt, Con! Ich werde ganz bestimmt *nicht* mehr zu diesen Verrückten gehen und mich...«

»Captain Slow!«

Auch Oberst Predam war aufgestanden. Sein Gesicht war plötzlich hart, sein Ton schneidend. Dara schwieg auf der Stelle. Er nickte grimmig und sagte:

»Die Party ist vorbei, Captain. Sie werden jetzt in Ihre eigene Kabine gehen und Ihren Rausch ausschlafen. Und falls Sie es immer noch nicht begriffen haben: Die Ärzte in der Paracelsus-Klinik haben Ihnen mit ziemlicher Sicherheit wahrhaftig das Leben gerettet. Sie behandelten Sie, als wir Ihnen nicht mehr helfen konnten. Sie hörten, was Sie im tiefen Heilschlaf von sich gaben, und verständigten mich sofort. Ich war es, der ihrem Vorschlag zustimmte, eine Kurztherapie mit Ihnen zu machen, um die Ursachen des Schocks herauszufinden. Sie ließen Sie also nach Ihrem dritten Aufwachen allein und...«

Dara hob eine Hand. Sie war wieder sehr blaß.

»Moment«, sagte sie irritiert. »Einen Augenblick bitte – *Sir*. Nach meinem... *dritten* Aufwachen? Es war das zweite, als ich allein...«

»Sie sind schon vorher zu sich gekommen und haben

eine ähnliche Geschichte erzählt wie die, die ich gerade noch einmal von Ihnen gehört habe, Captain. Allerdings redeten Sie in einer fremden Sprache, wie schon in der EX, die wenigen gestammelten Worte. Darn Magfallow war dabei und zeichnete geistesgegenwärtig alles auf. Er versuchte vorsichtig, Sie anzusprechen, aber sie reagierten nicht und schliefen sofort wieder ein. Ach ja – Sie saßen während Ihres... Berichts aufrecht im Bett und wischten andauernd mit den Händen über das Gesicht.«

Dara schwieg betroffen. Sie sah zu Boden. Sie besaß nicht den Hauch einer Erinnerung. Oberst Consyn Predam trat auf sie zu und hob sanft ihr Kinn, bis sie ihn wieder ansah.

»Lyssa«, murmelte sie. »Con, ich habe versucht, Lyssa abzuwischen, oder?«

»Ich weiß es nicht«, sagte er. »Es kann sein. Darüber wollte sich, unter anderem, Magfallow noch mit Ihnen unterhalten, Captain. Er ist wahrhaftig nicht Ihr Feind. Er scheint daran zu glauben, daß Sie... irgendwie Kontakt mit einem Wesen an Bord des Lichtschiffes hatten.«

»Und Sie, Sir?«

»Ich sagte doch schon, ich habe keinen Grund, an Ihnen zu zweifeln. Aber Magfallow versteht viel mehr von solchen Sachen. Vertrauen Sie sich ihm an, Dara. So schwer wird Ihnen das doch nicht fallen. Und sollten die Worte, die Sie gesprochen haben, ohne sich daran erinnern zu können, tatsächlich zur Sprache der Fremden gehören – dann, Captain, haben wir bei ihrem nächsten Auftauchen bessere Karten.«

»Sir?« fragte die Ortungsspezialistin.

Er grinste endlich wieder. Erleichtert lächelte sie zurück.

»Ihre Sprache«, sagte der Oberst. »Ihr Bericht, Captain, war lang genug für unsere Translatoren. Wir werden unsere Botschaft beim nächstenmal in ihrer eigenen Sprache an die Fremden senden können. Außerdem werde ich den Spruch aufgrund dessen, was ich von Ihnen gehört habe, modifizieren. Diese Wesen scheinen Angst vor uns zu haben, weil wir wohl das ›Tote Leben‹ sind. Beim nächstenmal klappt es, Captain.«

»Ja«, murmelte sie, plötzlich müde.

Oberst Consyn Predam, eben noch vom väterlichen Freund zum strengen Vorgesetzten mutiert, erwies sich als Kavalier und brachte sie zu ihrer Kabine.

»Ist etwas, Captain?« fuhr er Bunn Vänersson an, der zufällig gerade durch den Korridor kam, nachdem Predam die Kabinentür hinter Dara geschlossen hatte.

»Nichts, Sir, gar nichts!« versicherte der Offizier schnell.

»Das will ich meinen, wahrhaftig«, knurrte Predam.

Am anderen Tag verließ sie die EX-3135, nachdem sie zusammen mit Henning, Amaso, Bunn und einer jungen Wissenschaftlerin in der Messe das Mittagsmahl zu sich genommen hatte. Die Chemikerin war brünett, trug eine ebenso überflüssige wie altmodische Brille und hatte Sommersprossen. Sie hieß Slana Pohicek. Dara kam mit ihr aus, das war aber auch schon alles. Die beiden Frauen hatten sich sonst nicht viel zu sagen. Slana hatte nur ihre Formeln im Kopf und träumte von einem Planeten, den sie mitentdecken konnte und wo sie die ganz große Sensation fand – irgendeine Verbindung, die noch vollkommen unbekannt war, etwa so wie das Molkex vor über dreißig Jahren.

Dara dagegen betrachtete sich als kühl, gelassen und eigentlich ganz passabel, auch was das Äußere anging.

Jedenfalls hatte sie das bis gestern gedacht.

Sie konnte sich an diesem Tag selbst nicht leiden, hatte mit den anderen am Tisch gesessen und sich zuerst anhören müssen, daß sie sich über ihre Genesung freuten, und dann ihre dummen Witze über sie – die Große Träumerin.

»Bunn hat mich sogar eine ... eine verkappte Mutantin

genannt, Darn«, sagte sie jetzt und lachte humorlos. »Warum mußte so etwas mir passieren? Ich bin der normalste Mensch von der Welt. Ich habe noch nie solche Träume gehabt und bin auch ganz bestimmt nicht telepathisch veranlagt, Darn. Verdammt, ich hatte nie eines dieser Déjà-vu-Erlebnisse. Ich meine, ich gehöre nicht zu den Leuten, die irgendwo an einem fremden Ort stehenbleiben, die Augen aufreißen, sich ganz ungläubig umsehen und dann sagen: ›Hol mich der Teufel, hier war ich schon mal!‹«

Sie saßen an einem Cafétisch an der einzig relevanten Geschäftsstraße der jungen Stadt. Es war eines der wenigen Restaurants, die Halmafing bisher aufzuweisen hatte. Die Sonne schien. Es war später Nachmittag, und viele Traazamer genossen ihre wohltuenden Strahlen in den Parks oder im Café bei einem kühlen Getränk.

Dara Slow trank einen Cocktail, den Darn ihr empfohlen hatte. Vielleicht verschwanden ihre Kopfschmerzen danach endgültig. Der Arzt und Psychologe hatte nicht lange gebraucht, um zu sehen, woran sie an diesem Tag – unter anderem – litt. Und das hatte ganz sicher nichts mit übernatürlichen Dingen zu tun, sondern schlicht und einfach mit zuviel ungewohntem Alkohol am Vortag.

Dara hatte sich vor ihm geschämt, obwohl sie ihm keinerlei Rechenschaft schuldig war. Sie haßte sich für das, was sie in Predams Kabine und ihrer zunehmenden Betrunkenheit gesagt hatte. Es gab bestimmt unter tausend Vorgesetzten keinen zweiten, der so nachsichtig mit ihr gewesen wäre wie Consyn. Sie hatte den ganzen Vormittag nach ihm gesucht, um sich für ihr Benehmen zu entschuldigen. Aber der Oberst, so hatte es geheißen, sei nicht an Bord. Er wolle in der Verwaltung mit den Sanchessons und anderen Kolonisten über die aktuelle Situation nach der dritten mißglückten Kontaktaufnahme reden.

Für Dara sah es so aus, als ginge er ihr aus dem Weg. Aber da spielte ihr die Fantasie sicher Streiche.

»Normal«, sagte Magfallow. »Dara, es gibt kaum einen Begriff, der so viele verschiedene Deutungen erfahren hat wie dieser. Freiheit, Glück, Unglück, Gerechtigkeit – alle diese Schlagwörter wurden und werden von dem eingesetzt, der sie gerade ausspricht und in seinem Sinn gebraucht haben will. Für einen Kannibalen ist es normal, daß er seinesgleichen tötet und ißt. Wir ekeln uns davor und verurteilen ihn. Denn für uns ist es normal, Respekt vor dem Leben zu haben, in erster Linie natürlich dem menschlichen Leben. Darüber würde wiederum der Kannibale den Kopf schütteln.«

»Bitte keine Vorträge, Darn«, sagte sie. »Ich möchte wissen, was mit mir los war – oder los ist. Können Sie es mir sagen?«

»Ich könnte Vermutungen äußern«, gab er zu, »aber eben auch nur Vermutungen. Körperlich sind Sie wieder völlig in Ordnung, und geistig ebenfalls fit. Nur eben...«

»Sagen Sie's mir, bitte«, forderte sie ihn auf. »Ich kann einiges einstecken. Sagen Sie mir, was Sie denken – als Wiedergutmachung für meine Gefangenschaft.«

Sie lachten beide bei dem Wort.

Inzwischen gab es in dieser Hinsicht keine Mißverständnisse mehr zwischen ihnen.

Darn Magfallow und Kyte Denbrasker hatten, als Dara sich bei ihnen in der Klinik meldete, sich nochmals bei ihr dafür entschuldigt, daß sie sie so lange schmoren gelassen hatten. Sie erläuterten, daß sie Dara die quälenden Stunden, als sie ganz mit sich allein gewesen war, einfach zumuten *mußten*. Nur so, ohne Ablenkung durch andere und mit Hilfe des sich in ihr aufstauenden Trotzes, konnte sie mit etwas Glück die Barriere durchbrechen, die vor ihrer Erinnerung gelegen hatte.

Der Erfolg hatte ihnen recht gegeben.

Sicher, sie hätten Dara auch direkt mit dem konfrontieren können, was sie bei ihrem zweiten Aufwachen, an das sie keine Erinnerung besaß, von sich gegeben hatte – im Originalton und in der inzwischen erfolgten Übersetzung. Aber diesen »harten Weg« wollten sie sich bis zuletzt aufheben, falls ihr anders nicht geholfen werden konnte.

Sie hatten die Untersuchung auf das Notwendigste beschränkt. Dabei hatte Dara die Oberärztin als die Frau kennengelernt, von der Darn als »was für eine Person!« geschwärmt hatte. Die Ärztin machte nach außen hin einen strengen, sachlichen Eindruck. Aber in ihrem Innern war sie herzensgut, der eigenen Mutter konnte man nicht mehr vertrauen. Sie hatte in der Klinik die Hosen an. Wenn ihr etwas nicht paßte, schnauzte sie jeden an, der ihr in die Quere kam oder brüllte die ganze Belegschaft zusammen – um eine halbe Stunde später Kaffee und Kuchen für ihre Leute zu spendieren.

Die Mediziner stellten also fest, daß Dara nichts fehlte außer Mineralstoffen im Blut, die auf das Konto des plophosischen Weins gingen, und Darn schlug vor, daß sie sich über alles weitere draußen in der Stadt unterhalten sollten.

Was er der Ortungsspezialistin nicht zweimal zu sagen brauchte.

»Darn?«

»Entschuldigung.« Er lächelte sie an. Er hatte sie angesehen, als ob er dabei träumte. Dara spürte, wie es ihr unter der Haut prickelte. Sie trug eine leichte Ausgehkombination, die aber dennoch viel zu warm für diesen Abend war.

Er hatte kniekurze Hosen an und ein dünnes, buntes Hemd mit diesen kurzen Armen, sonst nur Sandalen. Alle Kolonisten steckten in gerade dem Notwendigsten. Sie und die anderen in der Stadt weilenden Mitglieder der EX-

Besatzung mußten sich vorkommen wie Eskimos in den Tropen.

»Es ist nur eine Vermutung, und zwar diejenige von mehreren Deutungsmöglichkeiten, die ich für die wahrscheinlichste halte«, sagte der Traazamer jetzt. Auf einmal war er sehr ernst. »Sie haben niemals etwas erlebt, das die Vermutung nahelegen würde, Sie verfügten über latente parapsychische Gaben, Dara. Dennoch traten Sie in dem Augenblick, als das Raumschiff der Fremden den für uns nächsten Punkt seiner Annäherung erreicht hatte, in eine Art von Kontakt mit einem Wesen namens Lyssa, den ich noch nicht definieren kann. Dieses Wesen kann übrigens auch alle anderen Namen des Universums haben, vielleicht nur eine Nummer, und Sie haben den Namen Lyssa einfach unbewußt zugeordnet – ihn erfunden.«

»Ganz bestimmt haben diese Geschöpfe keine Nummern wie Roboter«, widersprach Dara. »Im Nachhinein erscheinen sie mir wie die Engel, von denen viele alten Religionen berichten. Sie sind so... so unglaublich zart. Ich sah durch Lyssas Augen ihre Gefährten – Odym, Kanaa, Rayn, Belphe, Laana und wie sie alle hießen. Sie waren so grazil. Sie waren wie wir, also humanoid, aber viel schlanker und zerbrechlicher. Ihre Köpfe waren etwas größer als unsere, und die Augen – riesig. Die Haut war durchsichtig, man konnte die Organe und Adern sehen. Und dabei leuchteten sie von innen heraus. Es waren... es sind Geschöpfe wie pures Licht, Darn.«

»Und sie hatten unbeschreibliche Angst vor uns. Sie waren gekommen, weil sie Hilfe brauchten. Sie erhofften sich diese Hilfe also von uns. Aber als sie unsere Impulse aus fast einer Dreiviertelmillion Kilometer Entfernung wahrnahmen, da ergriffen sie wieder in Panik in Flucht. Sind *sie* Telepathen, Dara?«

Die Terranerin nahm einen Schluck, lehnte sich im Stuhl zurück und wischte über die Stirn.

»Ich weiß es nicht, Darn. Mein Gott, ich weiß es wirklich nicht. Nein, warten Sie. Keine Telepathen in unserem Sinn, so wie John Marshall oder Gucky, der berühmte Ilt aus dem Mutantenkorps. Ich glaube, ihr Geist kennt keine Grenzen. Ihnen steht das ganze Universum offen. Sie sind so sensibel allem gegenüber...«

»Und deshalb genauso verletzlich«, hakte Magfallow ein.

»Ich glaube, ja.«

Dara wischte wieder über die Stirn. Anschließend glitten ihre Hände über die Wangen, über das Kinn. Sie merkte es nicht einmal.

»Sie können sich Lyssa nicht abwaschen, Dara«, sagte der Kolonist. »Warum verspüren Sie diesen Zwang?«

Die Raumfahrerin lachte trocken.

Weshalb mußten sie immer nur darüber reden? Sicher, sie wollte wissen, was mit ihr geschehen war, und im Grunde war dieser gemütliche Cafébesuch nichts anderes als das aus der Klinik ins Freie verlagerte psychologische Gespräch. Aber warum konnte Darn nicht davon aufhören?

Natürlich, *sie* hatte ihn gefragt. Aber jetzt...

Es war so schön hier. Halmafing war ein wahres Paradies. Überall war es grün und lebendig, selbst in der zentralen Einkaufsstraße. Die Siedler meinten es wirklich noch ernst. Sie wollten sich hier inspirieren und nicht die Plünderer und Eroberer spielen wie auf den zahlreichen Planeten, die dem Menschen schon zum Opfer gefallen waren.

»Sie und Lyssa«, sagte der Arzt, »müssen eine Affinität zueinander aufweisen, die ich mir bislang nicht erklären kann.« Er grinste verschmitzt. »Dazu müßte ich zuerst Sie noch besser kennenlernen, und dann natürlich auch das Fremdwesen Lyssa. Ich gehe jetzt einfach davon aus, daß alles so war, wie Sie es geschildert haben, Dara. Dann sind

Sie körperlich in der EX-3135 geblieben, während Ihr Geist einen gewaltigen Sprung hinaus ins All machte und sich spontan mit dem der Schiffsführerin Lyssa verband – bis Sie glaubten, selbst Lyssa zu sein.«

»Ich *war* Lyssa«, beharrte Dara. »Oder sie war ich. Ich sah meinen Körper als leere Hülle neben mir schweben.«

»Ich weiß«, versicherte Darn. »Dara, hiermit beenden wir den offiziellen Teil unseres Treffens. Ich frage mich, ob Sie vielleicht noch Interesse an einem inoffiziellen Teil hätten.«

»Gehst du immer so ran?« fragte die Raumfahrerin direkt.

»Nur bei begründetem Verdacht«, grinste Magfallow.

»Verdacht worauf?«

»Daß ich mich an jemand gewöhnen könnte. Aber ich muß dich warnen. Ich bin eiserner Junggeselle, Captain Slow.«

»Und das bedeutet, *Doktor*?«

»Vielleicht nur eine Nacht«, sagte er offen. »Du willst doch nicht, daß ich dich belüge?«

»Gehört das zu deiner Therapie?«

»Kostenfrei«, antwortete der Traazamer.

Dara stand auf. Für einen Moment sah es so aus, als wolle sie gehen.

Dann drehte sie sich zu ihm um und sagte:

»Eine Nacht, Schwerenöter, kostenfrei. Aber dafür bezahlst du hier die Rechnung.«

»Gehst du immer so ran?« fragte er grinsend.

»Nur in begründeten Fällen.«

Er lachte und reichte einem Kellner seine Karte.

Begründete Fälle, dachte sie, als sie ihn bezahlen sah. *Begründeter Verdacht*. Verdacht worauf?

Ließ sie sich jetzt nur auf ein Abenteuer ein, weil sie hoffte, er könnte die Lösung finden und sie von ihren Selbstzweifeln befreien, was sie und Lyssa anging?

Oder war sie ganz einfach kindisch verliebt und wünschte sich für diese Nacht die Geborgenheit an der Seite des Mannes, dem sie seltsamerweise vertraute, ohne ihn schon wirklich kennengelernt zu haben?

Sie funkte eine Nachricht an die EX-3135 und teilte mit, wo sie zu finden war, falls etwas Unerwartetes geschah.

Sie ahnte zu dieser Zeit noch nicht, wie bald schon ihr Minikom sich melden würde.

Es war genau um vier Uhr morgens. Planetenzeit.

Die EX-3135 gab Alarm.

Oberst Consyn Predam sah auf die Uhr, als Dara die Zentrale betrat. Er tat das nicht, um sie zu kontrollieren. Schneller war es kaum möglich, aus einer Wohnanlage am Rand von Halmafing zum Raumhafen und in die EX-3135 zu kommen.

Vier Uhr und achtzehn Minuten am sechsten März 2361, Standardzeit.

Seit achtzehn Minuten näherte sich das fremde Raumschiff dem zweiten Planeten. Nur wenige Sekunden, bevor der Alarm ausgelöst wurde, war es knapp hinter der Kollum-Bahn aus dem Hyperraum gekommen und hatte seitdem seine Fahrt verzögert – allerdings nicht so ruhig und gleichmäßig wie vor sechs Tagen.

Es stand ja überhaupt nicht fest, ob es das gleiche Schiff war oder ein anderes desselben Volkes. *Daß* es von diesem Volk kam, war aber deutlich zu sehen. Auf dem Panoramaschirm wuchs die leuchtende Diskusscheibe langsam heran. Die Abmessungen stimmten mit den vom letztenmal bekannten Werten überein.

Dara grüßte knapp und setzte sich an ihren Platz. Predam teilte ihr in aller Kürze das Wichtigste mit. Für mehr war keine Zeit. Er und die anderen Besatzungsmitglieder beobachteten gebannt, was draußen im Weltraum geschah.

Dara Slow hatte dennoch das Gefühl, daß Predam sie verstohlen anblickte, als erwartete er etwas von ihr.

Sie konnte sich sogar denken, was das war.

»Entfernung jetzt eine Million Kilometer«, meldete Dennis Henning.

»Gut«, brummte der Oberst. »Dann raus mit dem Spruch.«

Dara spürte, wie ihr eine Gänsehaut über den Rücken lief. Sie war noch etwas außer Atem. Aber ihr Herzjagen kam nicht von dem überstürzten Aufbruch und dem Laufen.

»800 000 Kilometer«, übernahm sie die Durchsage der Entfernungsmarken. Sie zwang sich zur Konzentration auf ihre Schirme und stutzte. »Sir, sie fliegen nicht gleichmäßig wie zuletzt, sondern... in Schüben. Sie bremsen ab, aber das sieht absolut hektisch aus! Die Medusen...«

»Ja?« fragte der Oberst, ohne sich vom Panoramaschirm abzuwenden. »Was war mit ihnen, Captain?«

»Keine Ahnung«, murmelte sie.

Darn hatte auch danach gefragt. Lyssa hatte in ständigem Kontakt mit diesen Medusen gestanden. Offenbar spielten sie eine wichtige Rolle beim Antrieb des Schiffes. Das war aber auch alles, was Dara über sie wußte. Darn hatte gehofft, daß sie Lyssas Erinnerungen »mitgenommen« hatte, als sie sich geistig trennten. Oberst Predam hatte das bestimmt noch mehr gehofft, denn dann wüßten sie fast alles über die Wesen im Lichtschiff.

Nein, Dara erinnerte sich an das, was sie gesehen hatte, und an die Gefühle, die Lyssa empfunden hatte. Die Angst und die Panik. Der Kampf gegen ihre Furcht vor dem Toten Leben. Aber sie hatte keinen Blick in das Bewußtsein der Fremden getan.

»Exakt 700 000«, meldete Dara. »Jetzt stoppen sie. – Nein, sie haben einen weiteren Satz gemacht. Jetzt 600 000 Kilometer Entfernung!«

»Sie bewegen sich wie gehetzt«, sagte Taka Amaso. »Schon seitdem sie materialisierten.«

»Er hatte Wache in der Zentrale und hat den Alarm ausgelöst«, erklärte Predam dazu. Plötzlich sprang er auf, ballte die Fäuste, trat auf den Schirm zu und schrie: »Verdammt, jetzt antwortet uns doch! Wir senden in eurer Sprache! Wir sagen euch, daß wir kein Totes Leben sind, sondern verdammt lebendig und eure Freunde!«

So aufgeregt hatte Dara ihn selten erlebt. Seine innere Anspannung explodierte förmlich vor dem Bildschirm.

Ob Lyssa an Bord ist? fragte sich Dara. *Wann passiert es wieder mit mir?*

Unbewußt versuchte sie sich gegen den Moment zu wappnen, an dem sie aus der EX geschleudert wurde und sich im Lichtschiff der Fremden wiederfand.

Der Kommandant drehte sich mit einem Ruck zu ihr um und kam zu ihrem Pult.

»Was ist, Captain – spüren Sie etwas?«

»Nichts, Sir«, gab sie gereizt zurück. »Verdammt, ich bin kein Mutant! Starrt mich nicht alle an wie ein seltenes Tier! Nur weil mir das einmal passiert ist!«

»Sir!« rief Leutnant Henning, bevor Predam ihr antworten konnte. Der Oberst war knallrot angelaufen. »Sir, sie funken zurück! Sie antworten uns!«

Predam war sofort bei ihm. Dara atmete schon auf und fühlte gleichzeitig, wie die Spannung in ihr selbst weiter wuchs.

Etwas war nicht so, wie es eigentlich sein sollte. Etwas war absolut nicht in Ordnung. Etwas würde geschehen, etwas Grauenvolles. Sie spürte es, als ob sie wieder in dem Lichtschiff war, in Lyssas zerbrechlichem Körper.

Vielleicht steigerte sie sich nur in diese Idee hinein, vielleicht war es tatsächlich so. Vielleicht war sie halb hier und halb dort.

Auf jeden Fall erlebte sie dann die Katastrophe so mit,

als wäre sie selbst mittendrin in den Gluten, die durch die Waffen der Fremden entfacht wurden.

Sie sah die Echos auf ihren Orterschirmen und rief entsetzt, daß drei, vier... *fünf* weitere Objekte im EX-1745-203-System materialisiert seien. Aber die roten Kugeln, keine kleiner als dreihundert Meter, kamen nicht auf oder hinter der Bahn des dritten Planeten aus dem Hyperraum.

Es war der völlige Wahnsinn. Sie tauchten nur knapp 600000 Kilometer von Traazam entfernt im Einstein-Kontinuum auf; und bevor man in der EX-3135 den Schock verdaut hatte, schlugen sie zu.

Captain Dara Slow bekam davon nichts mehr mit – jedenfalls nicht in ihrem Raumschiff und nicht als sie selbst. Sie stieß einen einzigen langen, gellenden Schrei aus und brach reglos über dem Ortungspult zusammen.

Oberst Consyn Predam und seine Besatzung aber sahen, wie das Lichtschiff im konzentrierten Energiefeuer der fünf Angreifer grellweiß zu strahlen begann, sich dann schnell aufblähte und in einer furchtbaren Explosion verging. In der EX-3135 schlugen Hyperorter und andere Geräte durch, die auf fünfdimensionaler Basis arbeiteten. Unvorstellbare, fremde Energien fegten über den Planeten Traazam, brachten die Sonne zum Flammen und rasten weiter hinaus ins Universum.

Die Bildübertragung war stark gestört, aber sie reichte aus, um zu zeigen, wie die fünf roten Kugeln nach vollbrachter Tat sofort wieder davonjagten und mit Irrsinnswerten auf die Grenzen des Systems hin beschleunigten. Dann verschwanden sie, eine nach der anderen.

Niemand konnte ein Wort sagen. Ganze zwei Minuten und dreizehn Sekunden hatte das Ganze gedauert, vom Auftauchen bis zum Verschwinden der Kugeln. Für wenige Sekunden hatte 600000 Kilometer von Traazam entfernt eine zweite kleine Sonne im All gestanden.

Sie verlosch, und nichts blieb von ihr übrig.

Von ihr und von einer unbekannten Zahl zerbrechlicher, hochsensibler Lebewesen, die auf der Flucht gewesen waren und offenbar zu lange gegen eine irrationale Angst ankämpfen mußten, um rechtzeitig um wirkungsvolle Hilfe bitten zu können.

4.

Daras Kampf

Sie schwebte in einem Meer von Nichts. Unwirkliche Gezeitenkräfte zerrten und rüttelten an ihr. Manchmal trieb sie auf eine ferne Küste zu. Sie sah etwas wie aus einem dichten, grauen Nebel auftauchen, aber sie erreichte es nie. Sie streckte die Hand aus, und das Ufer verschwand.

Dabei war sie blind. Sie hatte keine Augen mehr, keinen Körper. Sie hatte auch keine Ohren, und trotzdem hörte sie die wispernden Stimmen. Sie waren überall und nirgends zugleich. Sie riefen nach ihr und lockten sie, zu ihnen zu kommen.

Wie sollte sie das tun?

Wie sollte sie *irgend etwas* tun, wo sie keine Beine hatte, um zu rudern, und keine Arme und Hände, um zu schwimmen?

Manchmal versuchte sie, sich gegen die Gezeiten des Nichts zu stemmen. Dann wuchs das Ufer wieder vor ihr auf, und auch von dort rief es nach ihr. Sie glaubte, die Stimmen von irgendwoher zu kennen, aber sie kam nicht näher, um sie lauter zu hören. Sie wurde fortgezogen, ehe es ihr gelang, den Nebel mit ihren augenlosen Blicken zu durchstoßen.

Sie war nicht mehr als ein Blatt im Wind, ein Staubkorn im Sandsturm, ein Luftmolekül im Atem eines Riesen.

Es war nicht kalt und nicht warm. Sie fühlte nichts, keine Schmerzen und keine Schwere des Körpers, den sie nicht mehr besaß. Sie trieb dahin, immer den Stimmen entgegen, die sie niemals erreichen konnte.

Die einen flüsterten und sangen:

»Komm zu uns, Dara. Geh mit uns. Wir fliegen hinaus, immer weiter hinaus. Wir sind frei, Dara. Komm, komm mit uns...«

Sie verstand es, ohne die Worte je zuvor gehört zu haben.

Je zuvor?

Was war denn vorher gewesen? Was oder wann war jetzt? Sie war nicht immer so dahin getrieben, sie hatte einen Namen gehabt und eine Persönlichkeit.

Wieder sah sie das Ufer im Nebel. Wieder versuchte sie verzweifelt heranzukommen. Und während hinter ihr die Stimmen sangen, sie solle mit ihnen in die Unendlichkeit ziehen, sagten die anderen, die sie zu kennen glaubte:

»Komm zu uns zurück, Dara. Wir brauchen dich. Komm nach Hause. Du schaffst es. Wir wissen, daß du es schaffen kannst. Du mußt dich auf dein Ich besinnen, auf dein Selbst. Kämpfe, Dara! Kämpfe ums Leben!«

Sie streckte eine imaginäre Hand aus, als sie die Finger sah, die jetzt aus dem Nebel stachen und sich ihr entgegenschoben. Groß wie Raumschiffe waren sie, wie die Walzen der Springer. Nein, viel, viel größer, und sie wuchsen ihr immer noch entgegen.

»Komm zu uns zurück, Dara! Sag, daß du es willst!«

Raumschiffe? Walzen? Springer?

Diesmal glaubte sie, es wirklich zu können. Sie streckte sich nach den Fingern, nach der Hand, die so groß war wie eine Hälfte des Universums.

Aber die andere Hälfte riß sie zurück. Wie von einer gewaltigen Woge wurde sie ins Meer des Nichts zurückgespült, und die Finger waren verschwunden.

»Es ist wunderschön, Dara«, lockten die singenden Stimmen von der anderen Seite. *»Komm mit uns. Wir werden das Universum umrunden. Wir sind frei. Löse dich von den Fesseln, die dich noch binden. Du kannst eine von uns sein.«*

Der letzte Teil der Botschaft hallte immer wieder in ihrem Bewußtsein nach.

»Du kannst eine von uns sein.«

Es war eine Einladung. Es war eine Auszeichnung. Es war mehr, als den meisten Geschöpfen dieses Kosmos je an Glück widerfahren konnte. Es war die Erfüllung für sie. Eine so gewaltige Verlockung, alle Widerstände zu zerreißen, die sie daran hinderten, mit den Luminen zu gehen, und immer wieder ans Ufer zurückschwemmten, das sie nie erreichen würde.

Ja, die Unendlichkeit...

»Komm, Schwester. Komm mit uns. Wir gehen mit den Strömen des Universums, und wir werden dabei sein, wenn aus ihm ein neues geboren wird. Komm, komm mit uns...«

Auf einmal sah sie die golden funkelnden Sterne im Nichts, die sich bewegten und sie grüßten.

Das mußten sie sein.

Ja, sie wollte. Sie wollte mit ihnen gehen. Was hinter ihr lag, sollte im Dunkeln des Vergessens bleiben. Vor ihr lag das Leben, das *wirkliche* Leben.

Dara ließ sich los...

»Was ist, Doktor?« Oberst Consyn Predam fluchte und winkte ab. »Keine Titel, ich weiß. Mister Magfallow, wie ist ihr Zustand?«

Sie standen auf dem Flur, direkt vor dem Zimmer der Klinik, in dem Captain Dara Slow in einer Art tiefem Koma lag, und das seit drei Tagen. Predam war an diesem neunten März schon zum drittenmal hier. Es genügte ihm nicht, sich von der EX aus nach Daras Zustand zu erkundigen. Er wollte sie sehen. Er wollte dabeisein, wenn sie irgendwann erwachte.

Und er wollte, wenn es denn dazu kommen sollte, anwesend sein und wenigstens ihre Hand halten, wenn sie nicht mehr die Augen aufschlug.

»Was bedeutet sie Ihnen, Oberst?« erkundigte sich Magfallow, statt direkt zu antworten. Die beiden Männer waren allein. Kyte Denbrasker hatte eben erst das Zimmer verlassen und war in die Kantine gegangen, um endlich etwas zu essen. Seit drei Tagen hatten beide kaum ein Auge zugetan und kaum etwas zu sich nehmen können. Einmal hatte Kyte Dara Slow gerettet. Diesmal, so wollte es scheinen, war selbst sie mit ihrer Kunst am Ende.

»Bei aller Wertschätzung, Magfallow, was soll die Frage?« knurrte Predam den Kolonisten an. »Fühlen Sie sich in Ihrem Revier gestört?«

Darn hob nur eine Augenbraue, sagte aber nichts.

»Sie haben ja recht, wahrhaftig haben Sie das«, seufzte der Oberst. Er schüttelte den Kopf und fuhr sich mit beiden Händen durch seine roten Locken. »Es war dumm von mir, entschuldigen Sie. Aber eins sage ich Ihnen dennoch: Wenn Sie und Ihre Kollegen Captain Dara Slow je wieder hinkriegen, dann Gnade Ihnen Gott, wenn Sie sie jemals verletzen.«

»Sie sind eine Art väterlicher Freund, nicht wahr?« stellte der Psychologe fest. »Sie fühlen sich für sie verantwortlich.«

»Verdammt, ja!« schrie Predam.

Im nächsten Moment wurde ihm wieder klar, wo er sich befand, und er sagte mit normaler Lautstärke: »Das Mädchen ist mir in den sieben Jahren, seit sie an Bord meines Schiffs kam, ans Herz gewachsen. Ich weiß, daß ich als ihr direkter Vorgesetzter manchmal viel zu nachsichtig bin. Aber ich kann nicht aus meiner Haut. Ich mag... ich *liebe* sie wie eine Tochter, und wenn einmal einer daherkommt und sich bei mir als Schwiegersohn vorstellen will, dann muß er schon verdammt gute...«

»Karten haben«, unterbrach ihn der Siedler. »Ich weiß es, Oberst. Ich bin kein Kandidat, falls Ihre Anspielung darauf hinauslaufen sollte.«

Der Plophoser kniff die Augen zusammen.

»So? Und was war mit der Nacht zum Sechsten?«

»Nichts, das Sie etwas angehen sollte, Oberst.«

Darn Magfallow und der Kommandant der EX-3135 sahen sich eine Weile schweigend an, als versuchte jeder, den anderen genau zu taxieren.

Dann tat der junge Kolonist etwas, das bei jedem konservativen Beobachter aus den Reihen der Flotte das kalte Grausen hervorgerufen hätte. Er legte einfach den rechten Arm um Predams breite Schulter und zog ihn mit sich, von der Krankenzimmertür fort in den Flur hinein.

»Oberst«, sagte Magfallow, »ich halte es für möglich, daß Sie momentan nur davon ablenken wollen, daß Sie sich selbst große Vorwürfe wegen Dara machen. Könnte das stimmen?«

»Sie verdammter Psycho-Heini«, knurrte Predam. »Sie wissen es doch, warum fragen Sie also? Natürlich mache ich mir Vorwürfe.«

»Weil Sie, als das Lichtschiff auftauchte und sich Traazam näherte, insgeheim darauf hofften, daß Dara wieder eine... geistige Verbindung mit einem dieser Wesen an Bord bekäme und Ihnen dadurch bei einem Kontakt helfen könnte.«

»Wahrhaftig«, sagte der Offizier. »Wahrhaftig ist es so. Ich hätte sie bei Ihnen lassen sollen, auch wenn sie für Sie nur ein kurzes Abenteuer ist und sie irgendwann daran zerbricht, weil Sie ihr sagen: ›Das war's!‹«

»Sie lenken schon wieder ab und reden von Dingen, die Sie nichts angehen«, tadelte Magfallow. »Aber damit Sie beruhigt sind: Dara und ich haben beide gewußt, was wir wollten. Ich denke, Sie und ich gehören ganz einfach anderen Generationen an und haben deshalb verschiedene Moralmaßstäbe.«

Predam blieb stehen und streifte seinen Arm ab. Wütend starrte er den Arzt an.

»Ja, reden Sie nur gescheit daher, Mann! Wahrhaftig, als Psycho kennen Sie natürlich auf alles eine Antwort.«

Seine Pranken schnellten vor. Er packte Darn Magfallow am Kragen und zog ihn näher. »Jetzt sagen Sie mir, was mit ihr ist! Wie stehen die Chancen, daß sie ... zurückfindet?«

Magfallow lächelte ihn an. Dann machte er eine Bewegung, der der Oberst nicht folgen konnte, und hatte sich blitzschnell befreit.

»Oberst Predam, ich achte Ihre Gefühle, und ich bewundere Sie als Menschen«, eröffnete der Kolonist mit entwaffnendem Charme. »Ja, ich werde Ihre Fragen beantworten. Aber Sie sollen vorher wissen, daß Sie absolut keine Schuld an dem trifft, was mit Dara geschehen ist. Wäre sie in der Klinik gewesen oder an irgendeinem anderen Ort auf Traazam – es hätte sie dort ebenfalls erwischt. Sie besitzt eine noch völlig unerklärliche Affinität zu den Wesen, die sie seit gestern als ›Luminen‹ bezeichnet, wenn sie im Koma redet.«

Predam schien innerlich zusammenzubrechen. Er setzte sich auf eine Bank und stützte den Kopf in die Hände.

»Was können wir tun, Magfallow? Ich danke Ihnen für das, was Sie gesagt haben, aber was können wir für sie tun? Sie darf nicht sterben oder als geistiges Wrack wieder aufwachen.«

»Wir können nur warten und zu ihr sprechen«, sagte der Arzt. »In der Hoffnung, daß sie uns irgendwo hört und zu uns zurückkehrt. Körperlich können wir sie stützen, aber geistig ... ist sie wie in zwei Teile gerissen. Der Teil, der mit den Fremden zusammen war, erlebte deren Tod mit. Sie wissen, was ich meine?«

Oberst Consyn Predam hob den Kopf und nickte schwach. Seine Augenwinkel schimmerten feucht.

»Magfallow ... Darn. Eine Hälfte von ihr ist also schon gestorben.«

»Und wir werden alles tun, um die andere Hälfte zu retten.« Der Kolonist winkte ihm zu. »Kommen Sie, Oberst. Wir gehen zu ihr. Wir sprechen beide zu ihr. Wir müssen sie rufen und aus dem Ozean fischen, in dem ihr Geist treibt.«

Der Plophoser stand auf und folgte ihm.

»Danke, Darn«, brummte er. »Wahrhaftig, ich glaube nicht, daß Sie ihr wehtun könnten.«

»Nein«, sagte Magfallow. »Wahrhaftig nicht, Oberst.«

Predam mußte grinsen.

Aber mit dicken Tränen in den Augen.

Am Abend saß ein ganz anderer Mann im Saal des Verwaltungsgebäudes von Halmafing.

Aus der Klinik hatte er immer noch keine beruhigende Nachricht erhalten. Es fiel ihm schwer, sich jetzt auf das zu konzentrieren, was nach den jüngsten Geschehnissen in der Fenntner-Ballung erforderlich war. Es ging um die Interessen der Siedler auf Traazam, und es ging um die Belange des Solaren Imperiums.

Die EX-6544 und die EX-8116 standen inzwischen neben Predams Schiff und der EARTH MOTHER auf dem Raumhafen, der damit bereits mehr als überfüllt war. Predams kurze Reaktion nach dem Schock des Überfalls durch die roten Kugelraumer war es gewesen, die beiden Explorer per Hyperfunk unverzüglich nach Traazam zu rufen. Da er auch Kommandant des kleinen Verbandes war, hatte er die Befehlsgewalt über sie.

Die Schäden in der EX-3135 waren inzwischen behoben worden. Wo nötig, hatte man defekte Hyperaggregate durch entsprechende Geräte aus der EX-8116 ersetzt. Die Techniker hatten Blut und Wasser geschwitzt, aber jetzt stand Predams Schiff klar zum Gefecht am Rand des Hafens – und das wollte er wortwörtlich verstanden wissen.

»Meine Damen, meine Herren«, sagte er nach dem Essen, das ihm nicht geschmeckt hatte. Dies lag nicht etwa daran, daß die Kolonisten nicht alles an Delikatessen aufgetischt hätten, das sie besaßen – meist vegetarische Speisen. Er hatte einfach keinen Appetit und die ganze Zeit entweder an Dara Slow gedacht, oder an das, was er den lieben und netten Leuten von Traazam an diesem Abend zu sagen hatte.

Sie waren lieb und nett, ja. Sie waren natürlich. Sie strahlten etwas aus, das den Oberst tief beeindruckte. Es war eine Art von Unschuld und Natürlichkeit. Es war die herzliche Offenheit von Siedlern, die aus den Fehlern von unzähligen anderen gelernt und sich bislang nichts vorzuwerfen hatten. Sie liebten ihre Welt und fühlten sich immer noch als Gäste. Jeder Quadratmeter Grün, den sie für die Stadt und ihre Häuser entfernen mußten, wurde auf Dachterrassen oder sonstwie wiederangepflanzt. Die Straßen, die einmal zu anderen Städten führen sollten, wurden unterirdisch gebaut, soweit man sie im Zeitalter des umweltneutralen Gleiterverkehrs überhaupt brauchte.

»Meine Damen, meine Herren«, begann Oberst Consyn Predam. Er war aufgestanden. An der großen Tafel saßen ungefähr dreißig Siedler und zwanzig Offiziere von den drei Explorer-Raumern. Svenja und Pablo Sanchesson blickten ihm vom gegenüberliegenden Ende des Tisches erwartungsvoll entgegen. Waren sie wirklich so naiv und ahnten nicht, was er ihnen eröffnen mußte? »Es fällt mir wahrhaftig nicht leicht, Ihnen die Situation klarzumachen. Sie haben beobachtet, was vor drei Tagen im Weltraum geschah. Zum viertenmal näherte sich ein Lichtschiff, wie wir die Diskusscheiben mittlerweile nennen, und wir hatten diesmal allen Grund zur Hoffnung, daß es zu einem beidseitigen Kontakt käme.«

»Wir haben alles vom Observatorium der EARTH MOTHER aus verfolgt«, warf Pablo Sanchesson ein.

»Der Oberst redet«, tadelte ihn seine Gattin. »Sei also still.«

Predam fand die Situation überhaupt nicht zum Lachen. Er fuhr ernst fort, wobei sich wieder Schweißtropfen unter seinen roten Locken bildeten:

»Dann wissen Sie ja bestens Bescheid. Fünf andere fremde Schiffe tauchten überfallartig auf und vernichteten das Lichtschiff. Sie waren so schnell wieder verschwunden, daß wir Mühe hatten, ihnen auf den Bildschirmen zu folgen.«

»Reden Sie weiter, Oberst«, sagte Svenja Sanchesson großzügig, und sie sprach ihn genauso mit seinem Titel an wie Darn Magfallow in der Klinik. War das nun ein Zugeständnis an die alten Sitten – oder Spott?

»Das hatte ich ohnehin vor«, versetzte der Kommandant der EX-3135 mit giftigem Sarkasmus. Je öfter er dieser Frau begegnete, desto mehr empfand er eine ganz persönliche Abneigung gegen sie. Er sah ihren Gemahl mit hängenden Schultern neben ihr sitzen und hatte schon mehr als einmal den Eindruck gehabt, daß der Mann gern den Mund aufgemacht hätte, wenn er nur dürfte.

»Wir wußten bereits«, sagte Predam, »daß wir es bei den Wesen, die in den Lichtschiffen sitzen, mit Geschöpfen zu tun haben, die vor irgend etwas fliehen. Sie erhofften sich wohl Hilfe von anderen Zivilisationen, aber wenn sie in einem Sonnensystem auftauchen und einen bewohnten Planeten anfliegen, erstarren sie vor Angst vor dem, was ihnen wie ›Totes Leben‹ erscheint.«

»Totes Leben, Oberst?« fragte Svenja. »Ich glaube, das müssen Sie uns noch einmal näher erläutern«.«

Er schloß die Augen und atmete tief durch.

Dieses Monstrum von einem Eheweib wußte ganz genau, wovon er sprach. Er wußte, daß sie genial darin war, eine menschliche Siedlung so zu planen, daß Flora und Fauna des neuen Planeten nicht nur geschont, sondern in die Gestaltung eines jeden Gebäudes optimal eingebunden wurden. Sie verstand es, die Siedler bei Vernunft zu halten. Sie liebte die Natur, und deswegen respektierte er sie, obwohl er bisher mit Begriffen wie Natur und Ökologie noch nie sehr viel zu tun gehabt hatte.

Andererseits überschätzte sich diese Frau maßlos, und das betraf nicht nur das Maß an Geduld, das sie ihrem Ehemann tagtäglich zumutete. Sie bezeichnete sich allen Ernstes als Misebur Traazams Enkelin, von der Wohl und Wehe der hiesigen Kolonie abhingen.

»Mit dem ›Toten Leben‹«, formulierte Predam geduldig, »sind wir gemeint, mit unserer technischen Zivilisation.«

»Technische Zivilisation?« unterbrach ihn die First Lady des Planeten. »Damit meinen Sie doch wohl nicht uns, oder? Ich meine, ausgerechnet wir sind doch...«

»Damit meinen *die anderen* uns, Gnädigste«, sagte er aggressiv und laut, und tatsächlich verstummte sie jetzt. »Ich möchte jetzt ausreden dürfen, einverstanden?«

»Reden Sie, Oberst«, bat Pablo Sanchesson und erntete dafür einen mörderischen Blick seiner Ehehälfte.

»Die Insassen des Lichtschiffs«, sagte Predam, »setzten einen Augenblick vor der Katastrophe einen Antwortspruch an uns ab. Wir konnten nur soviel empfangen, daß sie offensichtlich in allergrößter Angst waren und wußten, daß ihnen die Vernichtung durch das ›Tote‹ oder das ›Böse‹ blühte. Sie baten uns um Hilfe – aber im nächsten Moment war es für jede Hilfe zu spät...«

»Darf ich eine Frage stellen, Oberst?« meldete sich Svenja Sanchesson schon wieder. Sie hob den Finger wie eine fleißige Schülerin.

»Fragen Sie«, knirschte Predam und zählte in Gedanken langsam bis zehn.

»Ich verstehe das nämlich nicht ganz. Einerseits sagen Sie, diese Wesen hätten Angst vor uns, weil wir für sie

›Totes Leben‹ sind. Und dann kommen diese roten Schiffe und zerstrahlen sie; und von denjenigen, die in den Raumern sitzen, denken oder reden die Liminen *auch* als vom ›Toten‹. Wo ist da der Unterschied?«

»*Lu*minen, Gnädigste«, korrigierte der Oberst die Siedlerin. »So hat Captain Slow sie im Koma genannt. Was der Unterschied ist? Ich kann es Ihnen nicht sagen. Aber Ihre Frage bringt mich endlich zum Punkt – falls ich vielleicht weitersprechen darf.«

Er wartete auf einen Einwand oder eine weitere Wortmeldung. Als nichts kam, nickte er grimmig und atmete tief durch.

»Ihr Planet«, fuhr er also fort, »ist in Gefahr, aus der Anonymität in den Blickpunkt der galaktischen Öffentlichkeit zu geraten. Viermal schon wurde er von den Luminen angeflogen, und beim letztenmal wurden sie vermutlich von jenen gefunden, vor denen sie immer flohen. Ich weiß nicht, wer an Bord der roten Kugelraumer war, deshalb werde ich vorläufig von ihnen nur als von den Aggressoren reden. Sie haben die offenbar absolut friedlichen und hilflosen Luminen kaltblütig überfallen und umgebracht. Sie kennen jetzt außerdem dieses Sonnensystem, und auch ihre Rückkehr kann ich nicht ausschließen. Es ist möglich, daß sie uns für Verbündete der Luminen halten. Und dann liegt ein militärischer Schlag gegen Traazam durch diese offenbar höchst kriegerischen Fremden zumindest im Bereich des Denkbaren.«

Er machte eine Pause, um zu sehen, wie seine offenen Worte auf die anwesenden Kolonisten wirkten. Svenja Sanchesson war plötzlich sehr still. Es war wohl wirklich so, wie Predam schon vermutet hatte: Durch ihr ständiges Gerede hatte sie versucht, die Wahrheit so lange wie möglich von sich fern zu halten.

Und wie diese Wahrheit konkret aussah, das sagte

Oberst Consyn Predam, solange die Siedler noch geschockt waren.

»Ich bin Offizier der Explorerflotte und trage als Kommandant meines kleinen Verbands im Fall einer Bedrohung aus dem Weltall die Verantwortung für dieses Sonnensystem und Ihren Planeten, bis kompetentere Leute informiert sind und Entscheidungen treffen. Es ist jetzt meine Pflicht, die Solare Flotte über das Geschehene zu informieren. Und ich bin davon überzeugt, daß man angesichts des Interesses, das man den Lichtschiffen entgegenbringt, auf der Stelle einen Verband hierher in Marsch setzt. Dabei kann es sich um zehn Schiffe handeln oder um hundert. Auf jeden Fall wird die Galaxis auf die Fenntner-Ballung aufmerksam werden.«

Svenja Sanchesson war kreidebleich geworden. Sie blickte den Plophoser so an, als erwartete sie, daß er alles zurücknahm und zu einem Scherz erklärte. Als er den Blick todernst erwiderte, stieß sie ihren Gemahl mit dem Ellbogen an und zischte:

»Nun sag doch schon etwas. Du bist der Präsident!«

Pablo Sanchesson wirkte wie ein gebrochener Mann. Mit hängenden Schultern erhob er sich, sah Predam an und nickte langsam.

»Wir haben es alle befürchtet, Oberst«, sagte er dann. »Sie wissen, was das für uns bedeutet. Es ist das Ende unseres Traums.«

»So dramatisch würde ich es nicht sehen«, erwiderte Predam. »Sie...«

Pablo hob eine Hand, und der Oberst verstummte. Plötzlich war etwas im Blick des Siedlers, das ihn ahnen ließ, warum dieser kleine Mann trotz seiner Über-Gattin von der Bevölkerung geachtet und respektiert wurde. Es war eine Mischung aus Unglück und Einsicht in die Dinge, aber auch Trotz und Kampfbereitschaft.

»Es ist egal, ob Sie die Flotte rufen oder nicht, Oberst

Predam«, sagte Sanchesson. »Tun Sie es und ein Verband erscheint hier, dann werden sich bald andere galaktische Völker für den Grund interessieren – und für uns. Dann ist es mit unserer Ruhe endgültig vorbei. Würden Sie es entgegen Ihrer Pflicht unterlassen, dann müßten wir künftig mit der Angst leben, in einen Krieg zwischen zwei Völkern verwickelt zu werden, die wir nicht kennen und niemals gerufen haben. So oder so – das Universum scheint zu klein zu sein für Paradiese.« Der Kolonist ballte eine Faust und schlug auf die Tischplatte. »Aber wir werden nicht aufgeben, Oberst. Wir müssen das Beste aus der Situation machen. Durch die Explosion des Diskusschiffs ist auch auf Traazam Schaden entstanden, die EARTH MOTHER fällt als Lauschposten ins All vorläufig aus. Aber wir sind schon wieder dabei, die Schäden zu reparieren, und eines Tages ...«

»Wir werden Ihnen helfen, soweit wir es können«, versprach Predam, als Pablo Sanchesson stockte. Der kleine Mann hatte offenbar Mühe, seiner Gefühle weiterhin Herr zu bleiben. Er sank schweigend auf seinen Stuhl zurück, und seine Frau legte ihm tröstend eine Hand auf die Schulter.

Oberst Consyn Predam fühlte, wie sich in seinem Hals ein Kloß festsetzte.

Die Raumfahrer am Tisch blickten ihn hilfesuchend an, während die Kolonisten stumm an ihren Plätzen saßen und vor sich hinstarrten. Einige waren aufgestanden und gingen. Er konnte es ihnen nicht verdenken.

»Bitte hören Sie mir zu«, sagte er laut. »Es gibt vielleicht noch eine andere Möglichkeit.«

Svenja sah wieder zu ihm.

»Ja, Oberst? Spannen Sie uns nicht auf die Folter.«

»Ich habe drei Schiffe«, sprach er weiter. »Jedes von ihnen ist bestens ausgerüstet und in der Lage, es mit einem Aggressor aufzunehmen. Wir kennen die Waffen der Fremden und ihre Wirkungsweise nicht, aber ob sie unsere Schutzschirme durchschlagen können, wage ich zu bezweifeln. Gegen Transformkanonen hingegen dürften sie kaum etwas setzen können.«

»Sie machen mir Angst, Oberst!« rief Svenja. »Ihr Blick... So kenne ich Sie gar nicht. Was, bei Misebur, unserem großen Patron, haben Sie vor?«

»Ein Vorschlag«, warf der Oberst ein, und die Worte kamen ihm aus dem Bauch, nicht aus dem Kopf. Sicher, er hatte mit dem Gedanken an diese Möglichkeit gespielt, aber erst jetzt war er dazu bereit, sie tatsächlich zu realisieren, falls die Kolonisten und seine Offiziere mitspielten. »Ich informiere die Solare Flotte und das Hauptquartier der Explorerflotte noch *nicht*, sondern verschiebe die Meldung auf unbestimmte Zeit. Ich mache sie von dem abhängig, was während der nächsten Tage hier in dieser kleinen Sternenballung passiert.«

Svenja Sanchesson riß entsetzt die Augen auf.

»Passiert? Oberst, was soll passieren? Sie rechnen mit...?«

»Mit gar nichts, Verehrteste.« Predam war jetzt in Fahrt und nicht zu stoppen. »Aber ich kann mir etwas vorstellen, und das sieht folgendermaßen aus: Die EX-6544 bleibt hier auf Traazam zurück und garantiert, gemeinsam mit der EX-8116, die Sicherheit der Kolonie – für den Fall, daß die roten Kugeln wiederkommen. Die EX-8116 wird etwa dort Stellung beziehen, wo die Diskusscheiben der Luminen bisher immer aus dem Hyperraum auftauchten, also bei der Bahn des dritten Planeten.«

»Das klingt so, als wollten Sie uns verlassen, Oberst?« fragte die First Lady ahnungsvoll.

»Wahrhaftig, Gnädigste, das habe ich vor. Ich werde mit der EX-3135 versuchen, eine Spur der Luminen oder der roten Schiffe zu finden.« Er holte tief Luft und nickte grimmig. »Und ich sage es Ihnen ganz ehrlich: Ich habe auch rein egoistische Motive. Denn die Teufel in den roten Kugeln haben nicht nur die Wesen im Lichtschiff getötet, sie haben auch meinen Ortungsoffizier, Captain Dara Slow, auf dem Gewissen. Noch wissen wir nicht, ob sie je wieder zu sich kommt und sie selbst sein wird. Aber ich schwöre bei allem, was mir heilig ist, daß ich alles tun werde, um Ihnen ein Leben in Ruhe und Frieden zu gewährleisten – und um Captain Slow zu rächen.«

Er war aufgestanden und stand vornübergebeugt vor den versammelten Siedlern und Raumfahrern, wie ein angriffsbereiter Löwe, mit dem ganzen Gewicht seines Körpers und den beiden Fäusten auf den Tisch gestützt.

»Nun?« fragte er in die schweigende Runde. »Ich warte.«

Natürlich hatte Oberst Consyn Predam in seiner Aufregung zuletzt viel schneller geredet als gedacht, und das machte ihm jetzt zu schaffen. Sein Problem war nicht, daß sich die Offiziere und die Kommandanten der beiden anderen Schiffe gegen sein Vorhaben gestellt hätten. Sie hatten sich nach einer kurzen Debatte einverstanden erklärt.

Es wurmte ihn auch nicht, daß er jetzt allein die Last der Verantwortung trug, falls die Dinge sich anders entwickelten, als er es hoffte.

Es war schlichtweg die Tatsache, daß die kleine Sternenballung von anderen Explorern längst erforscht worden war. Eine technische Zivilisation auf einem der Planeten hätten sie bestimmt entdeckt. Und hier ging es gleich um *zwei*.

An die Möglichkeit, daß die Luminen aus einer anderen Galaxis kämen, glaubte Predam nicht mehr. Denn dann müßten ihre Gegner – so zielstrebig, wie sie vorgegangen waren – auch von dort kommen. Und daß gleich zwei Völker sich ausgerechnet eine andere Milchstraße als

Tummelplatz für ihre Auseinandersetzungen aussuchten, das war doch schon mehr als unwahrscheinlich.

Predam verdrängte alle Gedanken daran. In diesem Fall nämlich hätte er alle Pläne aufgeben können, Stützpunkt- oder die Heimatsysteme der beiden Völker zu finden.

Er hatte den Mund ganz weit aufgemacht, und jetzt saß er in der Tinte mit seinem Versprechen. Wo sollte er suchen, wenn nicht in der Fenntner-Ballung?

Er suchte wieder die Klinik auf. Um elf Uhr dreißig am zehnten März begrüßte ihn Darn Magfallow und führte ihn zum Krankenzimmer der jungen Frau. Was er dem Plophoser unterwegs mitzuteilen hatte, war aber ein weiterer Schlag in die Magengrube.

Denn seit knapp zwei Stunden, so berichtete der Arzt und Psychologe, war Dara Slow klinisch tot. Um 9.38 Uhr hatte sie aufgehört zu atmen, nachdem es Kyte Denbrasker vorher schon zweimal gelungen war, ihre Körperfunktionen noch einmal zu stimulieren.

Diesmal hatte alle ärztliche Kunst und alle medizinische Technologie endgültig versagt. Dara Slows Gehirn aber arbeitete noch. Sie wurde künstlich am Leben gehalten. Aber wie es aussah, konnte jeden Moment auch der Gehirntod eintreten.

»Es kommt darauf an, ob sie leben *will* oder nicht«, sagte Magfallow leise, als sie das Zimmer betraten. »Ich erkläre es Ihnen gleich, Oberst. Ich habe gehört, was Sie vorhaben. Vielleicht liegt darin die Rettung für Dara.«

Predam blickte ihn überrascht an. Inzwischen hatte er sich soweit gefangen, daß er ans Krankenbett treten und Dara anschauen konnte. Er hatte in seiner Laufbahn einige Gefechte erlebt und viele tapfere Männer sterben gesehen, oft grausam verstümmelt und vor Qualen schreiend. Er hatte gedacht, das hätte ihn abgehärtet.

Aber hier vor ihm lag eine unschuldige Frau, die nichts

getan hatte, was ein solches Schicksal rechtfertigen könnte. Sie hatte ihre Mörder nicht einmal gekannt.

Dara Slow war an Apparate angeschlossen, an ihrem Kopf waren Kontakte befestigt. Am Kopfende des Bettes an der Wand aufgehängte Bildschirme zeigten die gezackten Kurven ihrer Hirnströme.

»Vielleicht ruft sie um Hilfe«, flüsterte Oberst Predam. »Aber vielleicht... fleht sie auch einfach darum, daß die Apparate abgeschaltet werden...«

»Kommen Sie, bitte.« Darn Magfallow führte ihn wieder hinaus auf den Gang und dann in ein Ärztezimmer. Predam saß ihm mit in die Ferne blickenden Augen gegenüber, als der junge Kolonist zu berichten anfing. Eine anwesende Pflegerin setzte dem Oberst auf Magfallows Wink hin eine starke Tasse Kaffee auf den Tisch.

»Hören Sie, Oberst«, sagte Magfallow. »Dara ist noch nicht tot. Solange ihr Geist noch arbeitet und sie noch etwas mit ihrem bisherigen Leben verbindet, haben wir eine Chance. Wenn sie es wirklich will, wird ihr Körper seine Funktionen wiederaufnehmen.«

»Funktionen!« Predam lachte rauh, ohne ihn anzusehen. »Sie reden wie von... einer Maschine.«

»Als Mediziner muß ich gewisse Dinge leider so betrachten, wie ich sie als Privatmensch lieber nicht sehen würde.« Magfallow beugte sich vor. »Hören Sie, wir haben bei ihr gewacht. Kyte, ich und zwei Pflegerinnen haben uns abgewechselt, ständig waren zwei Personen bei ihr. Sie hat weiter im Koma geredet, Oberst. Immer wieder flüsterte sie von einer Leere, in der sie triebe, und den beiden gegensätzlichen Polen, die versuchen, sie ganz an sich zu ziehen. Der eine Pol, das dürfte klar sein, sind wir. Wir haben weiter und weiter auf sie eingeredet, und wir werden damit auch jetzt nicht aufhören.«

»Und der zweite Pol?«

»Ganz unwissenschaftlich gesagt«, seufzte der Arzt

und lehnte sich zurück, »die Seelen oder Geister der toten Luminen. Also der Geschöpfe, mit denen eine Hälfte ihres Bewußtseins zusammen gestorben ist – *in* einer von ihnen, Oberst.«

»Tote können nicht reden, Mister«, versetzte Predam stur. »Egal ob tote Menschen oder tote Luminen.«

»Eine Menge Leute sind da ganz anderer Ansicht«, sagte der Arzt geduldig. »Wir Menschen halten immer noch das für die einzige Wahrheit, was wir mit unseren beschränkten Sinnen erfassen, begreifen und für gültig befinden können. Als die Luminen starben, lebte Dara, und trotzdem erlosch die Verbindung zwischen ihr und *ihnen* nicht. Sie flüsterte von den Stimmen, die sie lockten, damit sie mit ihnen gemeinsam das Universum umrunde – und so weiter. Es sind die Luminen, in welcher Zustandsform auch immer.« Magfallows Stimme wurde eindringlicher. »Oberst, Daras Geist hat eine Brücke geschlagen, von uns lebenden Menschen zu den zweifellos mit ihrem Schiff gestorbenen Wesen. Daß ihr Körper jetzt versagt, ist für mich ein Zeichen dafür, daß die Luminen momentan die Oberhand im Ringen um Dara haben.«

Consyn Predam ballte die Fäuste und schlug sich kurz gegen die Stirn. Er stieß einen Fluch aus, den diese Wände sicher noch nie gehört hatten. Als er Magfallow wieder ansah, hatte er rote Ränder um die Augen.

»Sie sagten, daß Dara eine Chance hätte, Darn. Sie sagten mir vorhin, daß wir sie vielleicht retten könnten. Aber wenn die... die *Anderen* jetzt schon soviel Macht über sie haben, daß sie ihren Körper aufgibt, dann haben wir doch schon verloren! Reden Sie also nicht, als ob Ihnen das nicht auch klar wäre!«

Der Arzt stand auf.

»Oberst Predam, ich will ganz ehrlich sein. Ich klammere mich an die Hoffnung, daß Dara dann wieder gesund wird, wenn sie in Kontakt mit lebenden Luminen kommt.

Konkret gesagt, mit diesem Wesen namens Lyssa, mit dem sie beim ersten Kontakt geistig verschmolzen war. Sie hat diesen Namen im Koma geflüstert, als Sie gestern abend gegangen waren. Es klang, als riefe sie nach ihr, und zwar um Hilfe.«

Oberst Consyn Predam schwieg. Er starrte den Kolonisten nur an.

»Verstehen Sie mich jetzt?« fragte Magfallow. »Wir könnten hier warten und hoffen, daß Lyssa mit ihrem Raumschiff wieder auftaucht, solange Dara lebt. Doch das halte ich für mehr als unwahrscheinlich. Bei den Luminen wird man schon wissen, was in unserem Sonnensystem geschehen ist, und keiner ihrer Diskusse wird sich mehr zu uns trauen. Sie müßten damit rechnen, jederzeit von ihren brutalen Gegnern überfallen zu werden – jetzt, wo diese sie offenbar aufgespürt haben.«

Predam brauchte eine Minute, um die Gedanken des Siedlers nachzuvollziehen.

Dann nickte er wieder. In seinem Blick glomm jetzt ein winziger Hoffnungsschimmer.

»Und Sie glauben wirklich, die Luminen, also Lyssa, könnten sie aus dem Bann ihrer toten Artgenossen reißen?« Er fuhr sich durch die Haare und fluchte. »Verdammt, ich rede schon so, als würde ich diesen ganzen Humbug ernst nehmen.«

»So wie Dara uns die Luminen in ihrem Traum geschildert hat, können die Wesen niemals wollen, daß sie stirbt, Oberst – und schon gar nicht ihretwegen. Diese hochsensiblen Wesen würden mit dieser Schuld vielleicht nie fertigwerden. Also werden sie alles versuchen, um Dara auf ihre – und damit unsere Seite zurückzuholen. Auf die Seite der Lebenden. Fragen Sie mich nicht, wie sie das tun wollten, aber ich bin sicher, sie könnten es schaffen.«

»Fast klingt das einleuchtend«, gab Predam nach einer weiteren Minute zu. »Wahrhaftig, Darn, es klingt zu gut, um wahr werden zu können. Nur, wie zum Teufel sollen wir die Luminen finden?«

Er erzählte ihm von seinen diesbezüglichen, selbst eingehandelten Problemen. Wider jegliche Erwartung hatte auch hier Darn Magfallow einen Vorschlag parat:

»Dara, Oberst. Dara könnte uns helfen. Ein winziger Teil von ihr kämpft noch. Es kommt alles darauf an, wieviel Kraft und Kontrolle dieser kleine Teil über ihren Geist hat.«

5.

Die Suche

Die EX-3135 startete am Morgen des elften März 2361 vom Raumhafen Traazam und nahm Kurs auf den Rand des Systems – in Richtung Milchstraße.

An Bord befanden sich, außer der normalen Besatzung, die traazamschen Ärzte Darn Magfallow und Kyte Denbrasker. Sie hatten in aller Eile und mit tatkräftiger Unterstützung durch die Raumfahrer eine Hälfte der Medostation so hergerichtet, daß man Captain Dara Slow mitsamt allem darin unterbringen konnte, was dazu nötig war, die Ortungsspezialistin künstlich am Leben zu halten.

Die erste Linearetappe brachte die EX-3135 bereits aus der Fenntner-Ballung heraus. Es war mit den Sanchessons und den Kommandanten der beiden zurückgelassenen Explorer vereinbart worden, daß sofort Meldung sowohl an das Explorer-Hauptquartier als auch an die Solare Flotte gemacht werden sollte, falls die EX-3135 nicht in spätestens zwei Wochen, also am 25. März, zwölf Uhr mittags, in der Ballung zurück sein sollte.

Predam hoffte, daß er sich wirklich auf die Offiziere verlassen konnte. Eine aggressive Macht am Rand der Milchstraße, bisher unbekannt und vielleicht der Grund dafür, daß die leuchtenden Diskusscheiben über einem halben Dutzend Milchstraßenwelten aufgetaucht und panikartig wieder verschwunden waren – das hätte er an seine vorgesetzten Stellen melden *müssen*, und zwar *unverzüglich*. Der Oberst spielte ein riskantes Spiel mit vielen Unbekannten. Er sagte sich aber immer wieder, einen Kompromiß zwischen den Interessen des Solaren Imperiums, der Siedler und seiner selbst gefunden zu haben.

Aber irgendwie fühlte sich der sonst so pflichtbewußte Mann vollkommen in der Luft hängend.

»Sir?«

Der Plophoser zuckte unmerklich zusammen. Er drehte sich zu seinem Ersten um und zog fragend eine Augenbraue in die Höhe.

»Der weitere Kurs, Sir«, erinnerte ihn der Pilot. »Sie wollten ihn nach dem ersten Eintauchmanöver bekanntgeben.«

»Natürlich«, sagte Predam. »Wir fliegen weitere hundert Lichtjahre bei bisherigem Kurs – allerdings erst, wenn ich den Befehl zur nächsten Linearetappe gebe. Ich werde spätestens in einer halben Stunde zurück sein, Major.«

Taka Amaso bestätigte.

Als der Kommandant die Zentrale verlassen hatte, begann Gunn Vänersson über beide bleiche Backen zu grinsen.

»Jetzt geht er wieder zu seinen Gurus«, spottete er, »um sich ihren weisen Rat zu holen. Wahrhaftig, wahrhaftig, wahrhaftig – wir sind eine stolze Mannschaft, auf dem ersten Explorer, der von Scharlatanen geführt wird.«

»Halt die Klappe, Idiot«, sagte Dennis Henning, der jetzt sowohl für den Funk als auch für die Ortung zuständig war. »Zisch ab, oder hast du nichts zu tun? Wann sind deine Kanonen das letztemal geputzt und gewienert worden?«

»Vorsicht, Ara!« zischte Vänersson ihn an. »Die große Klappe könnte Ihnen einmal gestopft werden, *Leutnant*.«

»Stopfen Sie Ihre Socken, Captain«, riet ihm Amaso grinsend und winkte ihn zum Ausgang. »Dann müssen Sie auch nicht ständig aus Ihrer Feuerleitzentrale zu uns fliehen und sich unsere Gurugebete anhören, nur weil es bei Ihnen nach Schweißfüßen stinkt.«

Vänersson starrte ihn wütend an, seine kantigen Kiefer

klappten nach unten. Er hob die Hand, zeigte auf Amasos Brust, öffnete den Mund, schloß ihn wieder und verließ in stummem Protest die Zentrale.

Einige lachten. Amaso schüttelte den Kopf und sagte: »Seien Sie etwas vorsichtiger, Leutnant. Er ist einer von der Sorte, die immer über allem stehen wollen und alles besser wissen. Aber einstecken können solche Leute deswegen um so weniger. Wenn wir Glück haben, beschwert er sich in seiner Kabine beim Holo seiner Freundin auf Ferrol und vergißt den Zwischenfall.«

»Und wenn wir Pech haben, verpfeift er uns alle eines Tages beim HQ«, sagte Henning. »Ich weiß, tut mir leid. Aber sein besserwisserisches Getue...«

»Geht uns allen auf den Geist, aber wir wissen ja auch, was wir an ihm haben«, meinte Amaso. »Er ist ein erstklassiger Gunner. Vielleicht werden wir einen wie ihn bald schon brauchen. Also, Ara...«

»Ich werde mich in Zukunft beherrschen«, versprach der Funker.

»Und, vor allem, *duzen* Sie ihn nie wieder...«

Bunn Vänersson war ein guter Waffenmann. Etliche Explorerkommandanten und selbst hohe Flottenoffiziere hatten schon versucht, ihn von Oberst Predam abzuwerben.

Bunn Vänersson war allerdings auch eine der großen Unbekannten in diesem Spiel mit dem Feuer.

»Wir haben dieses Gerät noch nie ausprobiert«, sagte Kyte Denbrasker. Sie saß auf einem einfachen Schemel vor einer Reihe von wie willkürlich zusammengeschalteten Apparaten mit Leuchtanzeigen, Skalen, kleinen Bildschirmen und unzähligen Kontakten, von denen Drähte zum Kopf von Dara Slow führten. »Es ist das erstemal, und dieser Einsatz kam viel früher als von uns geplant.«

»Wozu dient es?« fragte Oberst Predam.

»Hat Darn es Ihnen denn nicht erklärt?«

Predam sah den jungen Arzt an, und der zuckte entschuldigend mit den Schultern.

»Ich dachte, meine Worte von gestern hätten ihn bereits überzeugt, Kyte.« Er drehte sich, bisher mit dem Einjustieren der Geräte beschäftigt, zu Predam um. »Es geht darum, daß unsere Wissenschaftler diese Apparaturen entwickelt haben, um mit Pflanzen und Tieren zu sprechen.«

Consyn Predam, über eine der Konsolen gebeugt, federte wie von der Tarantel gestochen in die Höhe und schnappte nach Luft.

»Um... *was* zu tun? Verdammt, ich habe nicht richtig gehört!«

»Haben Sie doch.« Kyte stellte sich zwischen die beiden Männer und nahm damit Magfallow aus der direkten Schußlinie. »Oberst, hier neben Ihnen liegt Dara Slow, also mäßigen Sie sich und zeigen Sie etwas mehr Respekt. Und wenn Sie sich beruhigt haben, dann lassen Sie uns alles erklären.«

»Wo ist ein Stuhl?« ächzte der Oberst.

Sie schob ihm einen zu, und er setzte sich. Er stützte sich mit den Ellbögen auf die Knie, das Gesicht in den Händen.

»Also, reden Sie«, forderte er sie auf.

Magfallow gab der Oberärztin ein Zeichen, und sie zog sich in den Hintergrund zurück, um dort an den Instrumenten weiterzuarbeiten.

»Oberst«, begann der Kolonist leise. Er benutzte weiterhin konsequent die Anrede mit dem für ihn selbst sinnlosen Titel, so wie Kyte, so wie die Sanchessons. Spott war es nicht, eher ein Zeichen von Respekt und ein Ausdruck der Hoffnung, die die Siedler dem Kommandanten entgegenbrachten. Darn ließ sich vor Predam in die Hocke sinken und legte ihm beide Hände auf die breiten Schultern. »Nun passen Sie einmal auf. Kann ich davon ausgehen, daß Sie mir vertrauen?«

Predam sah ihn aus blassen Augen an.

»Lieben Sie sie?« fragte er tonlos.

»Oberst, das spielt doch jetzt keine Rolle! Wir müssen...«

Predam packte ihn mit beiden Pranken am Kragen und drückte ihm fast die Luft ab.

»Ob Sie sie lieben, verdammt, habe ich gefragt, Magfallow!«

»Ja«, gab der Kolonist nach einer Atempause zu. »Ja, ich glaube, ich liebe sie.«

Predam ließ ihn los. Fast verlor der Siedler sein Gleichgewicht, aber dann hockte er wieder federnd vor dem Kommandanten.

»Das genügt mir, Darn. Und jetzt erklär mal, mein Junge.«

Magfallow atmete tief durch.

»Oberst«, sagte er dann. »Mit allen uns bekannten oder zur Verfügung stehenden Mitteln kommen wir nicht an Dara heran. Wir reden auf sie ein, Sie sehen es. Zwei von Ihrer medizinischen Crew flüstern ihr ins Ohr. Aber damit können wir sie wahrscheinlich nicht mehr erreichen. Andererseits ist sie immer noch so sehr an unsere Welt gefesselt, daß sie sich nicht... selbst abschaltet. Ihren Geist, meine ich. Die Brücke ist noch nicht ganz zerrissen.«

»Was ist mit diesen Pflanzen- und Tiergeräten?« wollte der Oberst wissen.

»Wir wollten die Flora und Fauna unserer Welt erforschen. Dazu haben wir diese Apparaturen gebaut. Das heißt, das technische Know-how hatten wir von Wissenschaftlern, die sich Misebur Traazam schon vor langer Zeit angeschlossen haben. Mit diesen Geräten ist es uns – so hoffen wir – möglich, Botschaften in das Bewußtsein von Tieren und Pflanzen zu schicken und...«

»Ins Bewußtsein von Pflanzen, wahrhaftig!« knurrte der Plophoser ungehalten.

»Lassen Sie uns jetzt nicht darüber streiten. Betrachten Sie die Geräte als eine Art... Supertranslator. Was wir hineinsprechen, wird auf seinen reinen Sinngehalt reduziert und in Symbole und Schwingungen verwandelt, die im Gehirn, sagen wir mal eines Pferdes, in der Form ankommen, daß es sie verstehen kann – also den Sinngehalt.«

»Weiter«, sagte Predam mit einem langen Blick auf die reg- und hilflos daliegende Dara.

»So ist es mit ihr«, fuhr Magfallow fort. Er benutzte die Hände, um dem Oberst deutlich zu machen, was er ausdrücken wollte. »Wir hoffen, daß wir, in dem wir über diese Apparatur zu ihr sprechen, in ihr Bewußtsein vordringen und ihr unsere Botschaften übermitteln können. Es ist die einzige Chance, die wir haben. Wenn wir Dara erreichen und halten können, bis wir das System der Luminen gefunden haben, dann *werden wir sie zurückbekommen*, Oberst!«

»Und wenn nicht?«

»Wir werden jetzt damit beginnen, über die Apparatur zu ihr zu sprechen«, verkündete Magfallow. »Dann werden wir warten und sehen, ob sie reagiert. Wir werden ihr genau sagen, welchen Kurs wir fliegen. Und wenn es der richtige Kurs zum Heimatsystem der Luminen ist, dann wird sie es hoffentlich bejahen – durch die elektroenzephalografischen Ströme, die wir auf unseren Schirmen sehen und deuten können. Wenn wir einen falschen Kurs fliegen, wird sie uns hoffentlich korrigieren. Es ist unsere ganze Hoffnung, Oberst, und wenn Sie etwas tun wollen, dann drücken Sie uns die Daumen.«

Der Kommandant der EX-3135 erhob sich.

»Du gehst also davon aus, Darn, daß Dara zu den Luminen will – zu den noch Lebenden, meine ich.«

»Wir werden auf sie einreden, daß Lyssa sie braucht«, betonte Magfallow.

Predam nickte.

»Vielleicht hilft es ja wirklich. Wahrhaftig, ich bete für sie und für uns alle.«

Er wandte sich zum Gehen, sah auf dem Boden eine gut zwanzig Zentimeter lange Sonde liegen und hob sie auf, um sie wegzuräumen. Bei der Drehung stieß er unbeabsichtigt mit Kyte Denbrasker zusammen – und rammte ihr die haarfeine Sonde in den linken Unterarm.

Es gab ein Geräusch, wie wenn eine Nadel auf Stahl kratzte; kein Tropfen Blut floß aus der Einstichwunde, als Predam die Sonde schnell zurückzog.

Die Oberärztin der Paracelsus-Klinik von Halmafing lächelte ihn an, als er langsam vor ihr zurückwich.

»Haben Sie Vorurteile gegenüber Robotern, Oberst?« fragte Kyte.

Gerade waren die Borduhren auf den dreizehnten März umgesprungen.

Die EX-3135 kreuzte im nördlichsten Spiralarm der Milchstraße. Die Orter und Funkempfänger schwiegen. In dieser Gegend schien es weit und breit keine raumfahrenden Intelligenzen zu geben.

Major Taka Amaso ließ sich von der Schiffspositronik alle vorhandenen Sternkarten dieser Region auf seine Monitore projizieren. Sie beruhten ausschließlich auf den Vermessungsdaten der hier früher tätigen Explorerschiffe und zum Teil der EX-5444 und EX-8116. Die erforschten Sonnen waren markiert. Es waren weniger, als man in der EX-3135 bisher angenommen hatte.

Somit blieb im immer dichter werdenden Sternenmeer genug Raum für mögliche Zivilisationen, die noch auf ihre Entdeckung warteten.

»Sir?« fragte Amaso vorsichtig.

Oberst Consyn Predam war gereizt. Man konnte förmlich zusehen, wie sich in ihm Frust und ohnmächtiger Zorn aufstauten. Wann er sich entlud, konnte eine Frage von Stunden sein.

»Wir warten«, knurrte der Kommandant. »Ich sage, wann es weitergeht, und wohin. Falls etwas ist – Sie wissen, wo ich zu erreichen bin.«

»Aye, Sir«, seufzte Amaso.

Consyn Predam verließ die Zentrale und ging zur Medostation, wie fast stündlich. Geschlafen hatte er seit zwei Tagen nicht mehr. Nichts tun zu können, das war für ihn so ziemlich das Schlimmste, das ihm überhaupt passieren konnte. Und in mehr als einer Hinsicht war er zum Nichtstun verurteilt.

Da war Dara Slow. Daß der Monitor neben ihrem Kopf immer noch Zackenlinien von links nach rechts wandern ließ, war das einzig Positive an ihrem Zustand. Sie war wie eine lebende Leiche, ein Zombie.

Da waren die Ärzte – Darn Magfallow und dieser *Robot* – und das, was sie mit Dara taten. Predam sagte sich immer wieder, daß Darn wie er selbst nur das Beste für die junge Terranerin wollte. Aber sie hatten bis zur Stunde keinen Erfolg gehabt.

Und wie paßte der Roboter ins Bild?

Und da waren die Luminen und deren Feinde in den roten Kugeln. Er hatte nicht erwarten können, sie gleich nach der ersten, zweiten oder dritten Linearetappe wie auf dem Servierteller angerichtet vorzufinden. Er hatte von Anfang an gewußt, daß das Universum zu groß war für solche Zufälle. In dieser Region herrschte ein mittlerer Sternenabstand von knapp fünf Lichtjahren. Und es gab Tausende von Sonnen, die vielleicht noch nie angeflogen worden waren – auch für akonische Präsenz in diesem galaktischen Sektor gab es bisher keinerlei Anzeichen.

Nein, ein Hinweis auf die Welt der Luminen konnte nur von Dara Slow selbst kommen.

Magfallow hatte dem Oberst am Tag vor dem Aufbruch erklärt, daß er diesmal, im Gegensatz zu seiner Überzeugung direkt nach Daras Traum, davon ausging, daß die Raumfahrerin in jenem unvorstellbaren Raum, in dem sie jetzt trieb, doch in der Lage war, die Erinnerungen der »Seelen« zu berühren und für sich zu öffnen, wenn sie es wollte. Einzelne Worte und Sätze, die sie im Koma geflüstert hatte, hatten ihn zu der kühnen Annahme gebracht, auf der schließlich ihr ganzer Plan basierte.

Aber sie mußte es *tun*. Alles, immer wieder alles hing davon ab. Und davon, daß auch Magfallows Hypothese stimmte, daß Dara geheilt werden könne, wenn sie mit Lyssa oder anderen lebenden Luminen geistig zusammenkäme.

Predam mochte den Arzt. Aber hatte er ihm deswegen so sehr vertrauen können, daß er sich auf ein Abenteuer einließ, das wahnwitziger nicht sein konnte?

Darn Magfallow war mit Sicherheit ehrlich zu ihm und glaubte an das, was er ihm sagte. Aber war es deshalb schon richtig? Jeder Mensch konnte sich irren, und ein Psychologe schon tausendmal!

Wenn der Offizier nur nicht das mit jeder Stunde schlimmer werdende Gefühl gehabt hätte, daß sich, während er hier untätig mit seinem Schiff wartete, etwas Schreckliches über ihm und seiner Besatzung zusammenbraute. Etwas, das nicht nur sie allein betraf, sondern viel größere Bedeutung besaß. Und das *er* zu verantworten hatte, weil er sich überhaupt erst auf dieses irrwitzige Spiel eingelassen hatte.

Magfallow kam ihm auf dem Korridor entgegen, der zu der Station führte.

Sein Gesicht ließ Predam das Allerschlimmste ahnen. Der Oberst blieb stehen und erwartete ihn.

»Sag's nicht, Darn«, murmelte er. »Es ist nicht wahr, oder?«

»Sie lebt, Oberst«, versicherte der Kolonist. »Aber ihre Gehirnströme werden schwächer. Sie spricht nicht auf uns an. Wir hatten... uns zuviel erhofft.«

Magfallow begann zu schwanken. Seine Knie zitterten plötzlich.

Oberst Predam fing ihn geistesgegenwärtig auf, als er taumelte, und führte ihn zu einer aus der Korridorwand herausklappbaren Bank.

»Nur ruhig, mein Junge«, sagte der Kommandant. »Das mußte ja irgendwann passieren. Du hast weniger geschlafen und noch mehr Blut und Wasser geschwitzt als ich. Ruhig, ich rufe einen Medoroboter.«

Magfallow hielt sich an ihm fest und atmete tief durch, bis er sich wieder gefangen hatte.

»Danke, Oberst, nicht nötig«, sagte er schwach. »Bitte, entschuldigen Sie...«

»Nichts zu entschuldigen, Sohn, außer daß du mich immer noch siezt.«

Er ließ den Kolonisten los. Darn Magfallow saß neben ihm auf der Bank, die Schultern gegen die Wand gelehnt und nach wie vor bleich wie Kreide. Der Arzt starrte ihn an, dann zuckte es um seine Mundwinkel, und schließlich warf er den Kopf zurück und lachte wie ein Irrer.

Predam ließ ihn gewähren. Er ahnte, daß sich bei Darn jetzt das entlud, was sich bei ihm selbst immer noch aufstaute.

Magfallow beruhigte sich bald wieder. Er setzte sich einigermaßen aufrecht hin, hustete und sah dann den Plophoser an.

»Es sieht so aus, wie ich es eben gesagt habe, Oberst«, sagte er und hob eine Hand, als Predam auffahren wollte. »Duzen Sie mich ruhig weiter. Ich werde es tun, wenn wir dies alles heil überstanden haben.« Er atmete tief, sein

Schwächeanfall schien vorüber zu sein. Auf Predams skeptischen Blick sagte er: »Kyte wird mich gleich wieder in Ordnung bringen, keine Sorge. Sie haben übrigens die Frage noch nicht gestellt, die Ihnen seit vorgestern wie schlechter Tabak auf der Zunge brennt.«

»Ich dachte, du würdest mir eine Erklärung geben, wenn die Zeit da ist«, erwiderte Predam. »Kyte Denbrasker ist ein Roboter, und du hast darauf bestanden, daß sie mit auf dieses Schiff kommt. Weshalb, Darn?«

»Weil sie die beste Ärztin in der Fenntner-Ballung ist«, sagte der Kolonist, »und wahrscheinlich weit darüber hinaus.«

»Sie ist ein Robot.«

»Und deshalb fähiger als jeder menschliche Arzt, Oberst. Sie ist ein wahres Diagnosegerät. In ihrem Körperskelett befinden sich Mikrospeicher, die alle Krankheiten und Schwächen kennen, die je an Menschen bekannt geworden sind. Jedes Symptom, das ein Patient zeigt, wird bei Kyte mit unzähligen identischen oder ähnlichen verglichen, und sie holt aus ihren Speichern die möglichen dazugehörigen Erkrankungen. Sie testet so lange, bis sie ihrer Sache vollkommen sicher ist, und greift dann auf ihr umfassendes Wissen zurück.«

»Hört sich so an, als wärt ihr Siedler dem Rest der Menschheit ein Stück voraus«, sagte Predam.

Darn schüttelte den Kopf. Langsam bekam er wieder etwas Farbe ins Gesicht.

»Kyte«, sagte er, »ist ein Geschenk des Imperiums an uns. Terra erprobt Roboter ihres Typs und ähnliche schon seit Jahrzehnten, in Zusammenarbeit mit den Aras. Man wird diesen Typ weiterentwickeln. Kyte Denbrasker ist im Grunde ein hochsensibler Medoroboter – und in eine perfekte menschliche Hülle gesteckt, damit ihre Patienten nicht vor ihr davonlaufen. Ich will damit sagen, es ist auch heute noch ein Unterschied, ob man sich als Kranker von einem Medorobot behandelt sieht – oder von einem Wesen aus Fleisch und Blut, das auch für die Ängste und Sorgen Verständnis hat.«

»Und Kyte hat das?«

»Ja«, bestätigte Magfallow. »Sie besitzt ein biopositronisches Gehirn. Sie ist das Geschenk von Homer G. Adams an uns Siedler. Normalerweise wäre Kyte nicht zu bezahlen gewesen – jedenfalls nicht von uns. Ohne sie hätte Dara ihren ersten Schock nicht überlebt.«

Er stand auf und winkte dem Oberst, daß er ihm folgen solle. In dem Teil der Medostation, in dem Dara Slow lag, erwartete ihn Kyte und heftete ihm zwei Injektionspflaster auf die Schläfen und eins in die Armbeuge.

Nach nur wenigen Sekunden war der Arzt wie ausgewechselt.

»Ein starkes Stimulans«, erläuterte er auf Predams fragenden Blick hin. »Sehr lange kann ich das meiner Gesundheit natürlich nicht zumuten. Aber sehr lange können wir auch nicht mehr darauf warten, daß das Wunder geschieht und wir die Luminen finden.«

»Alle meine Hoffnungen lagen auf Ihnen – und ihr«, sagte der Plophoser und zeigte auf den reglosen Leib der Ortungsspezialistin. »Sie sollte uns den Kurs zeigen. Statt dessen – verläßt sie uns jetzt, Darn.«

»Noch nicht, Oberst«, entgegnete Magfallow. »Unser Fehler war vielleicht, daß wir zu sehr darauf vertraut haben, daß Dara uns hört und auf das reagiert, was wir ihr zu sagen versuchen. Wir haben alles von ihr abhängig gemacht. Jetzt sind Sie dran.«

Predam zog die rechte Braue hoch und sah den jungen Kolonisten fragend an.

»Wir können jetzt nicht mehr davon ausgehen, daß uns Dara einen Weg zu den Luminen zeigt«, sagte Magfallow. »*Sie* müssen jetzt die Initiative ergreifen, Oberst. Funken Sie. Strahlen Sie einen Spruch an die Luminen ab, und zwar auf allen Frequenzen – und zum Teufel damit, ob uns andere hören, mit denen wir lieber nichts zu tun haben würden.«

»Die Akonen sind nicht weit von hier«, brummte Predam. »Nun ja, das wäre eine Frage der Reichweite...«

»Und die Aggressoren in ihren roten Kugelraumschiffen«, sagte Darn. »Wir dürfen jetzt keine Rücksicht mehr darauf nehmen, sonst stirbt uns Dara unter den Händen weg – und wir kehren ohne Erfolg nach Traazam zurück.«

»Das«, brummte Oberst Consyn Predam mit einem ohnmächtigen Blick auf die junge Frau und die vielen Instrumente, welche die Funktionen ihres Körpers übernommen hatten, »wäre mir fast egal.«

6.

Daras Tod

Es war der fünfzehnte März 2631, 11.50 Uhr terranische Standardzeit.

Seit zwei Tagen verließ der Hyperfunkspruch die Antennen der EX-3135, den Oberst Predam formuliert hatte. Er ging in der Sprache der Luminen in die Galaxis hinaus, und zwar in alle Richtungen. Bei der breiten Streuung war das Risiko minimal, daß er ausgerechnet von Akon aufgefangen werden konnte.

Immer noch hoffte Predam, daß sie sich nicht irrten und die Luminen, wenn sie schon nicht aus der Fenntner-Ballung oder aus einer anderen Galaxis kamen, irgendwo in der näheren Umgebung zu Hause waren.

Der Spruch hatte folgenden Wortlaut:

»An Lyssa und ihre Brüder und Schwestern, die sich selbst als ›Luminen‹ bezeichnen. Bitte meldet euch. Wir sind hier, um euch zu helfen. Bitte kommt. Eine Schwester von uns liegt im Sterben. Nur ihr könnt ihr helfen. Bitte kommt, wenn ihr uns hört – wir sind kein ›Totes Leben‹.«

Oder vielleicht doch?

Consyn Predam wollte der Rober Kyte Denbrasker nicht aus dem Kopf gehen.

Sicher, er hatte keinen Grund, an Magfallows Worten zu zweifeln. Aber konnte es denn nicht sein, daß auf Traazam noch mehr Roboter von ihrer Sorte in der Maske von Menschen herumschlichen und daß die Luminen *sie* geortet, gespürt oder sonstwie als »Totes Leben« erkannt hatten? Dagegen sprachen alle bisherigen Deutungen von Daras Traum, aber Predam wurde diesen Gedanken einfach nicht los.

»Warum antworten sie nicht?« fragte der Oberst gereizt. Keiner seiner Offiziere in der Zentrale gab eine Antwort.

Es ist ein Wahnsinnsunternehmen! dachte der Plophoser. *Von Anfang an gewesen!*

Daras Zustand schien unverändert.

Unverändert in dem Sinn, daß er sich stündlich verschlechterte. Ihren Gehirnkurven nach war nur noch soviel Leben in ihr wie in der letzten, noch einmal verzweifelt aufflackernden Glut eines erlöschenden Feuers.

Aber Daras Geist flackerte nicht einmal mehr auf.

Sie konnte nichts sagen und nicht aufschreiben, »wo« sie mittlerweile war. Vielleicht trieb sie schon mit den toten Luminen an den Rand des Universums, aber noch – *noch!* – bestand die zarte Verbindung zu dem, was sie einmal als ihre Welt gekannt hatte.

Weshalb war ihr das passiert? Was unterschied die junge Frau von anderen Menschen?

Immer wieder jagten diese Fragen durch Predams Kopf. Auch er hielt sich nur noch durch Stimulantien aufrecht. Er hatte Kyte Denbrasker darum gebeten und versucht, sich ihr wie einem normalen Menschen gegenüber zu verhalten. Die Ärztin hatte ihm die Pflaster angeheftet und gesagt, er solle sich keine Mühe geben, sie sei nicht verletzlich.

Die Offiziere und Mannschaften ruhten sich turnusgemäß aus. Nur Predam stand wie ein Denkmal in der Zentrale und hielt eisern Wache, gestützt durch Medikamente, die ihn auf Dauer eher umbringen würden.

Und dann tauchte das Lichtschiff auf.

Der Plophoser war schlagartig hellwach. Er hörte Leutnant Hennings Alarmruf und sah wenige Sekunden später die leuchtende Diskusscheibe auf dem Panoramaschirm. Entfernungs- und andere Daten wurden eingeblendet. Das Schiff kam rasend schnell näher, flog über der EX-3135 eine Schleife und kehrte zurück, nun allerdings stark abbremsend.

»Abstand dreißig Kilometer, Sir!« meldete Henning aufgeregt. »So nahe sind sie noch nie herangekommen.«

»Endlosspruch beenden, Ara«, befahl der Plophoser. »Direkte Verbindung!«

Consyn Predam sah gebannt auf den Bildschirm. Das Lichtschiff stand dort wie ein Ding aus einer anderen, märchenhaften Welt. Es schien wirklich nur aus leuchtenden, unwirklich schönen Farben zu bestehen. Ein Lichterkranz drehte sich um die Scheibe – jedenfalls sah es so aus. Das Schiff stand jetzt in 25 Kilometern Distanz zur EX-3135 und schwieg.

»Worauf warten sie noch?« fragte Predam nervös. »Sie haben doch unseren Spruch empfangen. Nur deshalb sind sie jetzt hier. Weshalb antworten sie nicht?«

Auf keinen Fall verlieren, dachte er. *Auf keinen Fall dürfen wir sie jetzt wieder verlieren!*

Der Interkom summte auf dem Kommandantenpult. Automatisch senkte sich die Hand des Obersten auf die Empfangstaste.

»Ja!« brüllte er, mit all seinen Gedanken beim Lichtschiff, das immer noch schwieg.

Sie mustern uns. Sie durchleuchten uns.

»Hier Magfallow, Oberst, irgend etwas geschieht mit Dara! Sie müssen sofort...«

Predam hörte nicht, was der Traazamer weiter sagte, denn jetzt rief Leutnant Henning:

»Sie funken, Sir! Die Translatoren laufen, ich schalte ihre Botschaft auf die Lautsprecher!«

Der Kommandant fühlte sich in diesem Augenblick, als würden ihm beide Beine weggeschlagen, jedes in eine andere Richtung. Fast vier Tage lang hatten sie darauf gewartet, daß endlich etwas geschähe, und nun kam alles auf einmal.

»Die Antwort der Fremden, Sir!« rief Henning herüber.

Die Botschaft lautete:

»Wir haben eure Mitteilung erhalten, und wir vertrauen euch. Ihr habt nach Lyssa gerufen. Folgt uns, wir werden euch zu ihr bringen.«

Das konnte nicht echt sein.

Oberst Consyn Predam schüttelte den Kopf. Das konnte wahrhaftig nicht echt sein. Nach allem, was man inzwischen über die Luminen zu wissen glaubte, war diese Aufforderung völlig unglaubhaft. Sie stellte alles auf den Kopf, was man bisher von diesen scheuen Wesen gewohnt war.

Doch das war nicht alles.

Zwei weitere Luftschiffe materialisierten sich im Normalraum, jeweils eine halbe Million Kilometer von dem Explorer entfernt. Innerhalb einer Minute waren sie heran und standen, sich scheinbar drehend, neben dem ersten.

Kein Andruckabsorber schluckt solche unvorstellbaren Verzögerungswerte! durchfuhr es den Plophoser. Aber diese Beobachtung machte er nur am Rande.

»Koordinaten, Sir!« meldete Henning aufgeregt. »Sie haben uns Koordinaten gefunkt.«

»Jetzt drehen sie ab«, stellte Taka Amaso fest.

Aus dem Interkom-Lautsprecher schrie Darn Magfallows Stimme. Alles kam in einem sinnverwirrenden, chaotischen Gemisch in Predams Gehirn an. Der Arzt war außer sich. Predam verstand nur die Hälfte von dem, was er rief, aber offenbar war Dara erwacht; sie litt Qualen.

»Sie fliehen«, sagte Amaso. »Folgen wir ihnen, Sir?«

»Wie denn, Sie Witzbold?« Predam schnaubte wütend. »Bevor wir uns überhaupt in Bewegung gesetzt haben, sind sie...«

»Verschwunden«, sagte Dennis Henning, und das war eine nüchterne Feststellung.

»Die Koordinaten«, fragte der Oberst, während sich

seine Gedanken jagten. »Können Sie damit etwas anfangen? Major?«

»Ich habe sie«, meldete Amaso. »Augenblick, Sir. Die Luminen haben natürlich andere Bezugssysteme als wir, aber sie geben drei Sonnen an, die in unmittelbarer Nähe zu finden sein müßten. Die Positronik muß mir...«

»Stellen Sie fest, wo Lyssa uns angeblich erwartet«, knurrte der Plophoser und wollte schon zum Antigravschacht eilen, als Leutnant Henning erneut Alarm gab.

»Diesmal sind es die anderen, Sir!« rief er. »Aber sie kommen jetzt zu spät!«

Oberst Consyn Predam starrte fassungslos auf den Panoramaschirm, auf dem jetzt fünf rote Kugeln zu sehen waren. Jede von ihnen durchmaß dreihundert Meter, und sie waren genau dort aus dem Hyperraum gebrochen, wo sich noch vor Sekunden die Schiffe der Luminen befunden hatten.

Predam entschloß sich von einem Moment auf den anderen. Dara mußte warten. Hier hatte er die entscheidende Chance, die er vielleicht nie wieder bekam.

»Feuer auf die am nächsten stehende Kugel!« befahl er. Seine Stimme war kalt, ohne Emotionen. »Captain Vänersson, ich will das Ding wrackgeschossen sehen. Es darf weder zerstört werden noch fliehen können.«

»Verstanden, Sir!« bestätigte der Offizier. »Ich tue mein Bestes, Sir!«

Dennis Henning sah seinen Kommandanten entsetzt an. Taka Amaso vermied jeglichen Blickkontakt. Predam konnte sich aber denken, was er von seinem Befehl hielt.

»Schutzschirme aufbauen«, ordnete er lediglich an.

Er ging ein hohes Risiko ein. Er kannte die Schlagkraft der Fremden vom Überfall im EX-1745-203-System her. Aber die Lichtschiffe besaßen vielleicht keine wirksamen oder überhaupt keine Schutzschirme. Und sie hatten keine Chance gehabt, sich zu wehren.

Die fünf Kugelraumer hatten es mit Sicherheit nur auf die drei Diskusscheiben abgesehen. Nachdem sie zu spät gekommen waren, hatten sie zwei Möglichkeiten, wenn sie mit menschlicher Logik dachten. Entweder verschwanden sie sofort und setzten ihre Jagd an anderer Stelle fort – oder sie wandten sich dem Explorer als neuem Gegner zu.

Bunn Vänersson feuerte.

Sonnenhelle Energiestrahlen zuckten durchs All, auf die rote Kugel zu, die der EX-3135 am nächsten stand – rund 25 Kilometer. Es war eine geringe Distanz, falls das Fremdschiff explodierte. Kein Mensch wußte, welche Energien dort freigesetzt würden.

Niemand an Bord der EX-3135 hatte vergessen, welche Hyperenergien nach der Vernichtung des Lichtschiffs durch das Sonnensystem der Kolonisten gejagt waren.

Aber Vänersson verstand sein Handwerk.

Die ersten Schüsse fanden ihr Ziel und schlugen in die rote Hülle ein. Die Fremden wurden vollkommen überrascht. Sie schienen nicht damit gerechnet zu haben, daß der kleinere Kugelraumer so schnell und kompromißlos angriff.

Die rote Kugel war ein Wrack, bevor eine erste Bewegung in den fremden Verband kam. Die vier restlichen Schiffe waren plötzlich in blauweiß schimmernde Energieschirme gehüllt. Das Wrack war dazu offenbar nicht mehr in der Lage.

Vänersson hatte den Beschuß eingestellt. Aus den in die Hülle geschlagenen Löchern zuckten die Blitze von Explosionen, die im Innern des Raumers tobten.

»Aufpassen, daß es nicht fliehen kann«, befahl Consyn Predam. »Captain, bei Angriff direktes Feuer aus den Transformkanonen – aber erst, wenn ich es sage.«

Hol's der Teufel, was dann hier passiert! dachte der Plophoser trotzig.

»Verstanden, Sir.«

Und dann stand der Weltraum in Flammen.

Die vier Kugelraumer schossen heran und eröffneten das Feuer auf die EX-3135. Ganz knapp flogen sie an dem terranischen Schiff vorbei, feuerten dabei ununterbrochen.

Der Schutzschirm des Explorers wurde zu siebzig Prozent belaset. Consyn Predam atmete schon auf. Offenbar hatte er mehr Glück als Verstand und die Waffen der Fremden doch überschätzt.

»Noch nicht das Feuer erwidern, Captain«, wies er Vänersson an, während er gebannt verfolgte, wie die vier Kugeln weit hinter der EX abbremsten, wendeten und abermals wie ein tödlicher Schwarm auf sein Schiff zurasten.

»Sie sind hartnäckig«, brummte er, »wahrhaftig.«

Und sie waren gefährlich.

Der nächste Feuerschlag ließ den Schutzschirm aufflammen. Amaso meldete aufgeregt, seine Belastung nähere sich der kritischen Grenze. Er mußte schreien, denn die Zentrale war plötzlich von infernalischem Lärm erfüllt. Die Schiffszelle bebte. Der Energieschirm flackerte und schoß Eruptionen ins All ab wie eine Sonne ihre Protuberanzen.

»Überlastung, Sir!« schrie Amaso. »Hundertzwanzig Prozent... hundertvierzig!«

Dann waren die Fremden wieder vorbei. Die vier Kugeln wiederholten ihr Manöver, bremsten ab und kamen zur nächsten Attacke zurück.

Sie spielen mit uns, dachte Predam. *Sie testen uns. Bei jedem Angriff setzen sie stärkere Waffen ein. Den nächsten werden wir mit Glück noch überstehen, den übernächsten bestimmt nicht mehr. Und für die Transformkanonen ist es jetzt schon zu spät.*

»Captain Vänersson!« rief er. »Volles Impulsfeuer auf die Kugeln. Transformkanonen erst dann einsetzen, wenn sie an uns vorbei sind und die größte Distanz zu uns haben. Verstanden?«

Er konnte es nur hoffen, denn schon waren die vier Kugeln wieder heran. Diesmal schien das Schicksal der EX-3135 besiegelt zu sein. Vänerssons Antwort war nicht mehr zu hören. Sie ging in dem Chaos unter, das die Zentrale erfüllte. Der Schutzschirm wurde gleich zu Beginn des Angriffs hoch überlastet. Zum Ausweichen war keine Zeit, war niemals Zeit gewesen. Denn eines hatten die roten Kugeln und die Lichtschiffe der Luminen gemeinsam: Beide waren sie ungleich viel schneller als der 200-Meter-Raumer der terranischen Explorerflotte.

Der Schutzschirm loderte, und dann bekam er die ersten Lücken. Die EX-3135 wurde hart erschüttert, als zwei Treffer ihre Hülle aus Terkonitstahl durchschlugen.

Alle schrien, aber Oberst Predam verstand nichts. Er war in diesen Sekunden davon überzeugt, zu hoch gepokert und verloren zu haben. Und die Unbekannten in den roten Schiffen würden ihm nicht einmal die Zeit lassen, ein Abschiedsgebet zu sprechen.

Doch dann feuerte es aus den Impulsgeschützen der EX. Als hätten die Fremden diese Reaktion nur provozieren wollen, stellten sie ihren Beschuß ein und jagten dem Wendepunkt zu. Vänersson hatte sie nicht in Verlegenheit bringen können. Ihre Taktik schien weiterhin zu sein, von Mal zu Mal heftiger anzugreifen und herauszufinden, *wann* der andere Kugelraumer explodierte.

Es war weiterhin unmöglich, Kontakt mit der Feuerleitzentrale zu bekommen. Oberst Predam merkte, daß er sich an einer Verstrebung festhielt, um nicht von den Beinen gerissen zu werden. Alarmsirenen heulten grell durch das Schiff, aber niemand hatte die Zeit, sie abzustellen. Das Bild auf dem Panoramaschirm flackerte kurzzeitig. Major Amaso torkelte zum Kommandanten und klammerte sich an dessen linken Arm. Er schrie etwas, das heißen konnte, die Schutzschirmprojektoren seien ausgefallen.

Dann war das das Ende – ganz egal, was nun passierte.

Die vier roten Kugeln hatten den entferntesten Punkt erreicht und schickten sich an, erneut anzugreifen, diesmal vielleicht mit Punktfeuer.

Doch dazu kam es nicht.

Oberst Predam schloß geblendet die Augen, als fast gleichzeitig vier neue Sonnen aufgingen. Die roten Kugeln explodierten in einem Lichtschauer, der sich blitzartig ausbreitete, bis aus den vier Miniatursonnen eine einzige geworden war. Ein greller Lichtball blähte sich auf, wurde gelb, dann rot, und schließlich verblaßte er.

Wieso leben wir noch? durchzuckte es den Kommandanten. *Vänersson hat seine Gigabomben per Transformkanonen in die Fremdschiffe abgestrahlt, und alle sind explodiert. Kein Schutzschirm hat sie aufgehalten, aber wir haben auch keinen. Die Wucht der Explosion und die Strahlung müßte uns auseinanderreißen und umbringen.*

Aber dann sah er wie durch Schleier, daß wie durch ein Wunder der Schutzschirm um die EX-3135 wieder stand.

Er mußte noch eine Explosion abwehren, die des wrackgeschossenen Schiffes. Ob die Beschädigungen zu stark gewesen waren oder eine Selbstvernichtungsschaltung verhindert hatte, daß es in die Hände von Gegnern fiel – es verging ebenso in einem Feuerball wie die anderen vier.

Aber ein Wrack schien nun auch die EX-3135 zu sein.

Als sich das Chaos in der Zentrale einigermaßen gelegt hatte, trafen die Meldungen der verschiedenen Stationen und Sektionen ein; es waren ausschließlich Schadensmeldungen.

Von der Medostation kam gar nichts mehr.

Oberst Consyn Predam blieb in der Zentrale, bis er ein Bild vom Zustand seines Schiffes hatte und die kurze Linearetappe abgeschlossen war. Es kostete ihn fast übermenschliche Überwindung, denn jetzt, als alles vorbei war, quälte ihn das schlechte Gewissen. Wo war er gewesen, als Dara Hilfe gebraucht hatte?

Aber das Schiff ging vor. Captain Dara Slow war *eine* von vielen Dutzend Personen, die ihm anvertraut waren.

Und alle hätte er sie fast umgebracht, weil das Temperament mit ihm durchgegangen war.

Was hoffte ich zu gewinnen? fragte er sich jetzt, auf dem Weg zum Lazarett. *Ruhm? Ehre? Einen nie erklärten Krieg gegen Fremde, die und deren Motive wir überhaupt nicht kennen?*

In diesen Augenblicken fühlte er sich reif für den Ruhestand. Wer so impulsiv handelte wie er – eben hier und schon auf Traazam –, der war eine Gefahr für andere Menschen, vielleicht sogar für den galaktischen Frieden.

Er mußte sich wieder besser unter Kontrolle bekommen. Vielleicht war noch nicht alles zu spät.

Sie hatten die Koordinaten. Major Amaso hatte inzwischen die drei Bezugspunkte verglichen und jenen vierten Punkt im All bestimmt, den die Luminen als Treffpunkt mitgeteilt hatten.

Sie besaßen noch die EX-3135. Es war, als hätte eine gnädige Gottheit schützend ihre Hand über das Schiff gehalten, wie um Predams Dummheit nicht zum Verhängnis für seine ganze Mannschaft werden zu lassen. Die Schäden waren, nach einer ersten Bestandsaufnahme, groß. Aber sie waren aus eigenen Mitteln zu beheben. Die beiden Treffer hatten einen Hangar erwischt. Die beiden dort stehenden Space-Jets und ein Shift waren zerstört worden. Die Zwischenwände und Luftschleusen zum Schiffsinneren hatten allerdings zum Glück gehalten, so daß die EX zwar jetzt mit einem Leck im Weltraum stand, die dichten Schotte aber ein Entweichen der Bordatmosphäre verhinderten.

Die Schutzschirmprojektoren hatten Aussetzer, würden aber in wenigen Stunden wieder ihre volle und konstante Leistung bringen können.

Und das Wichtigste: Alle Antriebssysteme funktionierten einwandfrei. Die EX-3135 hatte die 4,1 Lichtjahre zu einer der nahegelegenen Sonnen in einem ersten Linearflug seit der Fast-Katastrophe zurückgelegt, und dem Oberst waren gleich zentnerweise die Steine vom Herzen gefallen, als sie heil wieder im Normalraum herauskamen, im Ortungsschatten einer Sonne, die noch nicht kartographiert war und jetzt die Bezeichnung EX-3135-447 erhielt.

Es war damit zu rechnen, daß die Insassen der roten Schiffe einen Funkspruch an ihre Artgenossen abgesetzt hatten, obwohl nichts von den Antennen der EX-3135 aufgefangen worden war. Dann würden wahrscheinlich über kurz oder lang Kugeln am Ort des Kampfes erscheinen. Consyn Predam hatte keine große Lust gehabt, dann noch dort zu stehen.

Im engen Orbit um die rote Sonne konnte er selbst nicht geortet werden, aber seine Instrumente würden ansprechen, sobald 4,1 Lichtjahre entfernt andere Objekte aus dem Hyperraum brachen.

Das war der Stand der Dinge, als der Plophoser um 20.11 Uhr die Medostation betrat und sich dabei vorkam wie ein Büßer auf schwerem Gang.

Niemand erwartete ihn. Er fand Darn Magfallow und Kyte Denbrasker bei Dara Slow. Kyte saß auf der Bettkante und strich gerade mit der flachen Hand über die Stirn der Halbtoten. Magfallow hörte Predams Schritte und drehte sich zu ihm um.

Sein Gesicht war wie eine Maske, geschnitzt aus Enttäuschung und Hilflosigkeit.

»Es... tut mir leid«, sagte der Oberst leise. »Wahrhaftig, es tut mir verdammt leid, aber ich mußte... Ich konnte doch nicht...«

»Es ist gut, Oberst«, sagte Magfallow. Er rieb sich über die rot entzündeten Augen. »Setzen Sie sich. Vielleicht haben Sie mehr Erfolg als wir.«

»Wovon redest du?« fragte der Plophoser, während er sich einen Stuhl heranzog. »Ich habe kaum etwas von dem verstanden, was du vorhin gesagt hast. Nur daß etwas mit Dara passiert sei.« Er blickte sie an und schluckte. »Darn, sie sieht nicht anders aus als bei meinem letzten Besuch hier.«

Der Psychologe zeigte auf die Monitoren.

»Ihre Gehirnkurven sind verändert«, erklärte er müde. »Seitdem sie erwacht war.«

»Erwacht? Dann... wahrhaftig, ich habe das richtig verstanden?« Er packte den Kolonisten an den Schultern und rüttelte ihn. »Darn, rede doch. Von mir aus leg dich gleich hin und schlafe zehn oder zwanzig Stunden. Aber vorher soll dieser... soll Kyte dir eine Injektion geben, und du sagst mir genau, was passiert ist.«

Kyte Denbrasker sah auf und schüttelte den Kopf.

»Keine Stimulantien mehr, Oberst«, wehrte sie ab. »Ich will nicht *zwei* Patienten im Koma liegen sehen.«

»Ich brauche keine«, sagte Magfallow und sah dem Oberst in die Augen. »Als das erste Lichtschiff auftauchte, ging schon ein Ruck durch Dara. Ihre Hände und Füße zuckten, dann die Beine, der ganze Körper. Die Gehirnstromkurven spielten verrückt. Daras Oberkörper bäumte sich auf. Ihre Lippen öffneten und schlossen sich wieder. Sie schien etwas sagen zu wollen, oder schreien. Aber noch kam nichts heraus.«

»Noch?« fragte Predam erschüttert. »Mann, reden Sie!«

Ein kurzes Aufblitzen in Magfallows Augen und ein Zucken um seine Mundwinkel verriet, daß er den neuerlichen Wechsel in der Anrede registriert hatte, was ihn offenbar amüsierte.

»Dara riß die Augen auf, als die beiden anderen Lichtschiffe aus dem Hyperraum kamen«, sagte Kyte Denbrasker für ihn. »Sie begann zu schreien. Sie muß auf eine Weise Kontakt mit den Luminen bekommen haben, die wir uns nicht erklären können – immer noch nicht.«

»Wir vermuten«, fuhr Magfallow fort, »daß genau das geschehen ist, was wir uns von einer Begegnung mit lebenden Luminen erhofft haben, Oberst. Wie in den beiden Fällen zuvor, wurde ein geistiger Kontakt hergestellt, und der Kontakt riß Dara aus ihrem Koma und von den toten Luminen fort. Gleichzeitig aber muß sie wieder etwas gespürt haben, das ihr entsetzliche Qualen bereitete. Sie hatte die Augen ganz weit offen, und sie schrie. Sie richtete sich im Bett auf und begann zu toben. Ohne Kyte hätte ich sie gar nicht festhalten können.«

»Vielleicht«, vermutete die robotische Oberärztin der Paracelsus-Klinik, »hat Dara vorausgesehen, was geschehen würde. Sie schrie unartikuliert, nur wenige Worte haben wir verstehen können.«

»Flucht«, sagte Magfallow. »Flucht und Angriff. Vernichtung und... Lyssa. Ja, immer wieder Lyssa...«

»Wir nehmen an«, faßte Kyte zusammen, »daß die beiden anderen Lichtschiffe kamen, um das erste zu warnen. Sie müssen gewußt haben, daß ihnen die Gegner auf der Spur waren und sehr bald erscheinen würden.«

Oberst Consyn Predam nickte schwer, den Blick in die Ferne gerichtet.

»Und das hat sie mitbekommen.«

»Deshalb tobte sie«, bestätigte Kyte. »Bis zu dem Augenblick, als die Lichtschiffe verschwanden. Sie fiel auf ihr Bett zurück wie – bitte entschuldigen Sie – eine Robotpuppe, der man den Strom abgeschaltet hat.«

»Und seitdem«, sagte Magfallow, wobei er fast vor

Müdigkeit von seinem Stuhl kippte, »liegt sie wieder so da. Nur ihre Gehirnströme sind anders, wie gesagt. Wir sind mit unserem Wissen und Können am Ende, Oberst.«

Predam fing ihn auf, als er zur Seite umfiel. Aber auch er hatte plötzlich nicht mehr die Kraft in den Beinen, um ihn völlig zu stützen.

Kyte Denbrasker half ihnen beiden.

Sie verabreichte jedem von ihnen eine Injektion und trug sie mühelos, auf jedem Arm einen, in einen benachbarten Raum mit genug freien Betten. Sie lud die Männer dort ab und sorgte dafür, daß sie nicht vor Ablauf von zwanzig Stunden geweckt werden konnten.

Danach machte sie dem Ersten Offizier Meldung und bat ihn, für die Dauer des Heilschlafs seines Kommandanten die Verantwortung über das Schiff zu übernehmen.

Was blieb Taka Amaso auch anderes übrig?

16. März 2361, 9:32 Uhr terranische Standardzeit.

Als Oberst Consyn Predam wieder in der Zentrale erschien, sah er zwar nicht gerade aus wie einem Jungbrunnen entstiegen. Er fühlte sich eher noch schlechter als vor dem zwangsverordneten Erholungsschlaf, aber das würde vorbeigehen. Je tiefer der Schlaf, desto schwerer das Erwachen.

»Irgendwelche Vorkommnisse?« fragte er in die Runde. »Sind die Kugelraumer zurückgekehrt?«

»Nichts, Sir«, berichtet Amaso.

Bunn Vänersson, der seine Zelte wieder hier aufgeschlagen hatte, fügte hinzu: »Keine Vorkommnisse, Sir. Wenn ich dazu eine Meinung äußern darf...«

»Welche Meinung?« knurrte Predam ihn an. »Wessen Meinung?«

Vänersson richtete sich kerzengerade auf, wurde rot im Gesicht und schlug maßlos übertrieben die Haken zusammen.

»Meine Meinung, Sir!« rief er.

Predam winkte ihm zu, daß er sich wieder setzen sollte.

»Dann behalten Sie sie für sich, Captain. Meine Hochachtung für ihre erstklassige Arbeit am gestrigen Tag. Aber ersparen Sie uns bitte Ihre Naseweisheiten.«

Vänersson setzte sich wieder. Er schien zu einem Protest ausholen zu wollen, schwieg dann aber und dachte sich offenbar seinen Teil.

Unterschätzen Sie ihn nicht, Sir! warnte Amasos Blick.

Consyn Predam achtete nicht darauf.

»Meine Herren«, begann er, »ich weiß, daß Sie nicht damit einverstanden waren, daß ich ohne Vorwarnung oder den Versuch, Kontakt aufzunehmen, auf eines der roten Schiffe schießen ließ. Ich sehe keinen Grund, mich vor Ihnen zu rechtfertigen – oder mich gar zu entschuldigen. Wenn Sie scharf nachdenken, erkennen Sie den Grund für mein Verhalten.«

Er wartete auf eine Erwiderung, doch selbst Vänersson schwieg, allerdings beleidigt.

»Meine Hoffnung, eines der roten Schiffe wrackschießen zu können, um es später entern und uns Informationen über die Insassen und ihren Krieg gegen die Luminen – und auch über die Luminen selbst – verschaffen zu können, hat sich leider nicht erfüllt. Also werden wir dem einzigen Hinweis nachgehen, den wir haben: den uns überspielten Koordinaten, an denen diese Lyssa angeblich auf uns wartet.«

»Wer ist sie, Sir?« fragte Leutnant Henning. »Die Anführerin oder das Staatsoberhaupt ihres Volkes?«

»Eine wahrhaftig gute Frage«, erwiderte Predam, »aber auch eine verdammt dumme. Also überlegen Sie sich eine andere. Bis dahin werden wir den Flug zu den Rendezvous-Koordinaten vorbereiten. Major, wie groß ist die Entfernung?«

»Siebenundachtzig Lichtjahre, Sir«, antwortete der Pilot. »Westliche Richtung, also wieder geringfügig aus der Galaxie heraus am Rand des Spiralarms.«

»Fliegen Sie uns hin, Major«, ordnete der Kommandant an. »Wir haben keine Zeit zu verlieren.«

Er bemühte sich, in der Zentrale nie davon zu sprechen. Allerdings war er sicher, daß jeder genau wußte, worum es ihm ging. Nicht nur um die Suche nach den Luminen und ihren Todfeinden.

»Aye, Sir«, sagte Taka Amaso und leitete die Linearetappe ein.

Es wurde ein Flug ins Zentrum des Chaos.

Der Rücksturz in den Normalraum erfolgte am Rand eines solähnlichen Sonnensystems. Um den gelben Stern kreisten sechs Planeten mit ihren Trabanten. Die EX-3135 schoß nur wenige Lichtminuten vom äußersten Planeten entfernt aus dem Linearraum und verzögerte sofort mit Maximalwerten.

Dort war das Massaker schon im Gange.

Selbst wenn er es gewollt hätte, Oberst Predam hätte nicht eingreifen können. Bis die EX-3135 nahe genug heran war, würde alles vorbei sein.

Vier Lichtschiffe der Luminen wurden von einem ganzen Pulk roter Kugelraumer angegriffen, zwischen den Bahnen des dritten und vierten Planeten. Zwei verblassende Lichtbälle gaben ein Zeugnis davon, daß es noch vor Sekunden zwei Diskusscheiben mehr gewesen waren.

Es war wie vor zehn Tagen, beim Überfall über Traazam, nur viel schlimmer. Wieder rasten Hyperenergien durchs All. Die gelbe Sonne flammte, und nur die sofort aktivierten Schutzschirme der EX konnten verhindern, daß der Explorer abermals Schäden an wichtigen Geräten davontrug.

Die Lichtschiffe hatten keine Chance. Elf rote Raumer

feuerten auf sie. Wenige Treffer genügten, um die nächste Scheibe explodieren zu lassen. Es schien *doch* eine Art Schutzschirm zu geben, sonst hätte wahrscheinlich schon ein einziger Schuß ausgereicht. Aber dann war dieses Schirmfeld zu schwach, oder die Luminen verstanden nicht, es richtig gegen die Aggressoren einzusetzen.

Kein Hyperfunkspruch kam bei der EX-3135 an, kein Hilferuf von den Wesen, die hilflos auf den sicheren Tod warten mußten.

Oder doch nicht?

»Da, Sir!« rief Leutnant Henning. Er deutete auf einen Schirm. »Die Luminen scheinen sich endlich zu wehren.«

Oberst Predam, von ohnmächtiger Wut und schlimmen Befürchtungen hinsichtlich Daras erfüllt, ballte grimmig die Fäuste.

»Danach sieht mir das nicht aus, Leutnant«, knurrte er. »Eher scheinen sie ihre Lähmung abgeschüttelt zu haben und zu versuchen, von ihrer Schnelligkeit zu profitieren.«

»Die roten Teufel sind genauso schnell«, unkte Henning.

»Sir!« meldete sich Vänersson aus der Feuerzentrale. »Ich bitte um Erlaubnis, die Transformkanonen gegen die Kugeln einzusetzen. Ich blase sie alle elf aus dem Universum, bevor sie überhaupt merken, was da über sie kommt.«

»Sie werden nichts dergleichen tun, Captain!« kanzelte Predam ihn ab. »Oder was glauben Sie, bleibt dann von den Luminen übrig?«

»Wahrscheinlich nicht viel weniger als jetzt, Sir«, sagte Taka Amaso und kommentierte damit den Abschuß des nächsten Diskusraumers durch die roten Kugeln.

Der nächste Hyperschauer raste durch das Weltall, über die Planeten der gelben Sonne und über die EX-3135. Die Schutzschirme flackerten leicht, hielten den fünfdimensionalen Energien aber stand.

»Noch zwei sind übrig, Sir«, sagte Leutnant Henning. »Sie beschleunigen und ändern den Kurs so schnell, daß man kaum mitkommt. Da! Die Schüsse der Aggressoren gehen jetzt ins Leere!«

Tatsächlich bewegten sich die Lichtscheiben jetzt so schnell zwischen ihren Gegnern, als gäbe es für sie keine Beharrungskräfte und Beschleunigungsprobleme. Oberst Predam mußte unwillkürlich an Mücken denken, die bei gutem Wetter in der Luft tanzten.

Der Interkommelder summte. Natürlich. Predam ließ die Hand von der Empfangstaste. Er wußte, wer da Alarm schlug, und er wollte, er *durfte* jetzt nicht hören, was in der Medostation geschah.

»Eines der Lichtschiffe flieht, Sir«, meldete Henning. Seine Stimme versagte fast. Atemlos verfolgte er auf seinen Orterschirmen, was jetzt etliche Millionen Kilometer entfernt geschah.

Oberst Consyn Predam spürte, wie ihm das Blut in den Schädel schoß. Es pochte in seinen Schläfen. Seine Hände waren feucht und zitterten vor unbändigem Zorn.

Die beiden Diskusschiffe verwirrten die Angreifer, das stand fest, aber auf lange Sicht konnten sie sich so nicht retten – und tatsächlich war plötzlich klar zu erkennen, daß eines der beiden Schiffe mit selbst für sie wahnwitzigen Werten beschleunigte und ausbrach. Es jagte davon wie ein Pfeil, während das zweite Schiff es offenbar übernommen hatte, die Aufmerksamkeit der Gegner auf sich zu lenken, um so die Flucht des anderen überhaupt zu ermöglichen.

»Sie... sie opfern sich«, murmelte Predam, ohne sich seiner Worte bewußt zu sein. »Das fliehende Schiff muß ihnen so wichtig sein, daß sie in den Tod gehen, um es zu retten...«

Die Explosion der Diskusscheibe mitten zwischen den elf roten Kugeln gab ihm die Bestätigung seiner Ahnung –

keine drei Sekunden später. Sie explodierte genau in dem Augenblick, in dem der letzte Diskus der Luminen mit fast halber Lichtgeschwindigkeit in den Hyperraum schoß – oder welches Medium sie auch immer für ihre überlichtschnellen Flüge benutzten.

»Lyssa«, sagte der Kommandant der EX-3135 in das betretene Schweigen hinein. Niemand sprach.

Die elf roten Kugeln verschwanden jetzt ebenfalls. Ob sie die Möglichkeit besaßen, das entkommende Lichtschiff zu verfolgen, wußte man nicht. Aber es war wahrscheinlich, daß sie die EX geortet hatten, ohne sich nun um sie zu kümmern.

Wußten sie nichts von dem, was 87 Lichtjahre entfernt geschehen war? Oder hat es *doch* einen Hyperfunkspruch der Unbekannten an ihre Basis oder Basen gegeben, als sie noch senden konnten?

In dem Fall mußten die Aggressoren das plötzliche Schweigen ihrer fünf Schiffe, falls sie es bereits als Ausfall werteten, mit dem Auftauchen des kleineren Kugelraumers in Zusammenhang bringen – und weitere logische Schlüsse daraus ziehen.

»Das war Lyssa«, wiederholte der Oberst. »Ich bin sicher, daß *sie* mit dem Schiff geflohen ist.«

»Also doch eine Anführerin«, sagte Henning leise und trotzig.

Consyn Predam sah ihn an, gab aber diesmal keine Antwort. Er befahl dem Piloten, die EX wieder in den Ortungsschatten einer nahen Sonne zu bringen, und beeilte sich, zu den Ärzten und Dara zu kommen.

Irgendwie hatte er geglaubt, Dara hätte diesen furchtbaren Schock auch verkraften können; da sie inzwischen soviel mit den Luminen gelitten hatte, daß sie irgendwie bereits abgehärtet wäre.

Nein, nicht geglaubt. Der Verstand sprach dagegen.

Gehofft hatte er es, dabei innerlich zitternd, wenn er daran dachte, daß er sich etwas vormachte wie ein dummer Narr, der der Wahrheit ganz einfach nicht ins Gesicht sehen wollte.

Das Gesicht, in dem die Wahrheit geschrieben stand, war das von Darn Magfallow.

Predam hatte ihn schon einmal so gesehen, und doch war es diesmal etwas anders. Der Kolonist fing ihn vor der Kabine ab, in der Captain Dara Slow lag, und blickte ihn aus Augen an, die wie im Fieber glänzten.

»Es ist vorbei, Oberst«, sagte er dann langsam und leise. »Dara... ist erlöst.«

Der Plophoser merkte, wie seine Beine weich wurden.

»Nicht wirklich, oder?« fragte er heiser.

»Doch, Oberst. Diesmal ja. Endgültig.«

Er führte Predam zu Daras Krankenbett. Kyte Denbrasker stand am Fußende und drehte sich um, als sie die Männer kommen sah. Sie drückte dem Plophoser die Hand.

»Es tut mir leid, Oberst«, sagte sie. »Als das Schiff in den Normalraum zurückfiel, wachte sie zum zweitenmal auf und... Wir glaubten, daß sie jetzt wirklich zu uns zurückgefunden hatte. Sie hatte wieder diese großen Augen, aber sie lächelte.«

»Sie schien sehr glücklich zu sein«, erklärte Magfallow. Er strich sich die schweißverklebten Haare aus dem Gesicht. »Sie sah uns an, lachte und bewegte die Lippen.«

»Lyssa«, murmelte Predam. »Sie sprach diesen Namen, oder?«

Magfallow nickte.

»Sie flüsterte ihn, zwei- oder dreimal. Aber dann verzerrten sich ihre Züge, ihr Gesicht wurde zu einer wahren Grimasse des Grauens. Sie begann zu schreien, viel schlimmer als beim letztenmal. Ihre Finger krallten sich in die Laken, rissen die Elektroden von ihrem Kopf und die Anschlüsse der Lebenserhaltungssysteme vom Körper.«

»Sie hatte sich aufgebäumt und saß senkrecht im Bett«, berichtete Kyte. »Wir versuchten sie festzuhalten, aber sie schüttelte uns ab. Sie tobte wie eine Besessene.«

»Sie schüttelte Sie ab?« fragte Predam ungläubig. *»Sie?«*

»Ja, mich. Sagen Sie's ruhig. Den Roboter. Ich hätte sie halten können, aber ich hätte ihr dabei die Arme gebrochen.«

»Dann sank sie leblos zusammen, Oberst.« Magfallow hatte Mühe, die Worte hervorzubringen. Er hatte sich gesetzt und schüttelte nur den Kopf. »Wir haben die Elektroden wieder angebracht. Sie schickt keine Gehirnströme mehr aus. Sie sehen es selbst auf dem Monitor. Nichts.«

»Doch«, sagte der Oberst. »Ich sehe etwas...«

7.

Die Welt der Medusen

Daras rechte Hand zitterte.

Der übrige Körper war vollkommen starr, weiß wie der einer Leiche. Auf den Monitoren waren keinerlei Gehirnaktivitäten abzulesen. Die Apparaturen zur Stützung der Körperfunktionen arbeiteten nicht mehr.

Dennoch transportierten Nerven irgendwelche Impulse aus einem Teil von Daras Gehirn bis in ihre Fingerspitzen, die aber mit modernen Geräten nicht gemessen werden konnten. Und dennoch konnten sich die Finger der Terranerin bewegen, ohne daß Blut in ihrem Leib zirkulierte.

Ohne daß sie atmete oder beatmet wurde. Ohne daß ihr Herz schlug oder eine Maschine das für sie übernahm.

»Das ist unmöglich«, entfuhr es Darn Magfallow. »Das ist doch absolut unmöglich!«

»Offenbar nicht«, widersprach Kyte Denbrasker. »Sie will uns etwas mitteilen.«

»*Was?*« entfuhr es Oberst Predam. »Sie... Sie sind verrückt!«

»Sehen Sie ihre Hand«, erwiderte die Oberärztin nur. »Vergessen Sie einmal das Zittern. Ihre Finger wollen nach etwas greifen. Sie will etwas aufschreiben.«

»Hören Sie auf!« schrie der Plophoser sie an. Er zerwühlte seine roten Haare und gestikulierte dann wie ein Stummer – absolut hilflos. »Diese Frau ist *tot*, Sie Robot! Sie wird nie wieder zu sich kommen! Sehen Sie nicht, was da liegt? Das ist nicht mehr unsere Dara Slow, das ist ein... ein Monstrum!«

»Der Unterschied zwischen uns beiden, Oberst«, sagte Kyte Denbrasker ganz ruhig, »ist, daß ich frei von Emotionen denken kann, im Gegensatz zu Ihnen. Erlauben Sie mir die Feststellung, daß Sie sich lächerlich machen. Und nun gehen Sie aus dem Weg.«

Predam öffnete den Mund, schloß ihn wieder, schluckte und setzte zu einem neuen Anlauf an, aber er brachte kein einziges Wort heraus. Kytes leichter Stoß mit der linken Hand ließ ihn rückwärts taumeln und in den einzigen Stuhl weit und breit fallen – wie eine gut berechnete Billardkugel.

Der Plophoser sah, wie sie einen Folienblock unter Daras Hand schob, von der Art, wie man sie normalerweise benutzte, um Diagramme darauf einzutragen, ohne Computer zu bemühen. Zwischen die zitternden Finger drückte die Ärztin einen Schreibstift. Dreimal fiel er aus Daras Hand.

Beim vierten Versuch hielt sie ihn zwischen Daumen, Zeige- und Mittelfinger.

»Das ist nicht wahr«, flüsterte der Kommandant. »Sag, daß dies nicht die Wirklichkeit ist, Darn. Sag, daß wir das alles nur träumen. In dem verrücktesten Traum, den wir zwei je gehabt haben.«

»Würde ich gern, Oberst«, hörte er von dem Psychologen. »Aber daß zwei Menschen das gleiche träumen, das gibt es nur in Hypnosesitzungen. Und auch da ist nur der Anfang des Traums gleich.«

Traum? dachte Predam, während er sich dazu zwang, weiter zuzusehen, was jetzt dort auf dem Krankenbett geschah. Wo die Folie lag, über die jetzt Daras Hand mit dem Schreibstift zitternd und kritzelnd fuhr.

Alptraum!

Ein toter Körper und ein totes Gehirn. Eine Leiche lag dort. Daras endgültiger Tod war schon mehr, als Predam ertragen wollte. Aber daß jetzt ein Teil von ihr, nur diese eine Hand, plötzlich weiterleben sollte, das grenzte für ihn an Perversion.

»Das ist nicht sie selbst, Darn«, sagte er zu dem Kolonisten, der neben ihm stand und ebenso gebannt wie erschüttert hinsah. »Kann es sein, daß Lyssa...?«

»Lyssa ist entweder tot oder mit ihrem Schiff geflohen und jetzt weit weg, Oberst«, flüsterte Magfallow. »Wie sollte sie da irgend etwas in diesen toten Körper hinein... hinein...« Er fand nicht die Worte, um seine Gedanken auszudrücken.

Hineinprojizieren? dachte Predam. *Hineinsenden? Per Telepathie oder Hypnofähigkeiten?*

Daras Hand erschlaffte. Der Stift fiel zwischen ihren Fingern wieder auf die Folie. Kyte Denbrasker zog sie vorsichtig darunter hervor und studierte sie kurz.

Dann reichte sie die Folie dem Oberst.

»Ich muß Ihnen nicht sagen, was die Ziffern und Zeichen bedeuten, nicht wahr, Oberst Predam?«

Der Plophoser betrachtete ungläubig die Folie. Dann schüttelte er den Kopf.

»Wahrhaftig nicht, Kyte. Das brauchen Sie wahrhaftig nicht.«

Er sah ihr in die Augen, die so echt nachgebildet waren, daß kein Uneingeweihter dahinter die Sehlinsen eines Roboters hätte vermuten können.

Oberst Predam hatte sofort mit der Folie in die Zentrale zurückgewollt. Nachdem er sich umgedreht hatte, blieb er noch einmal stehen, wandte sich wieder um, ging zu Daras Lager und beugte sich über die bleiche Gestalt.

Ihr Gesicht, dachte er, *es sieht aus wie das eines Engels.*

Die etwas herben Züge waren einer Verklärung gewichen, wie er sie noch nie bei einem Menschen gesehen hatte – ob lebendig oder tot.

War das Lyssa?

War jetzt Lyssa in ihr?

Der Oberst zwang sich dazu, nicht weiter an etwas in dieser Richtung zu denken. Es konnte einen gestandenen Mann in den Wahnsinn treiben.

Aber die Fragen ließen sich nicht zurückdrängen wie lästige Leute, denen man ein Schott vor der Nase zusammenknallen ließ.

Wer war Lyssa?

Wer waren die Luminen, und wer ihre Gegner?

Wie konnte es sein, daß in der zweiten Hälfte des 24. Jahrhunderts ein solches Volk – oder zwei solche Völker – der Galaxis noch unbekannt waren?

Es ließ Oberst Predam nicht los, bis er wieder in der Zentrale war.

Die Milchstraße...

Die Menschheit glaubte schon, sie nach gerade nicht einmal vierhundert Jahren kosmischer Expansion so gut zu kennen wie ihr eigenes kleines Sonnensystem. Dabei war nur ein geringer Teil der Galaxis erforscht. Man kannte die großen Sternenreiche anderer raumfahrender Völker – der Arkoniden, der Akonen oder der Blues. Aber was war mit den Myriaden unerforschter Systeme?

Die um das Jahr 2130 aufgestellte, unter dem Kommando von Staatsmarschall und Vizeadministrator des Solaren Imperiums, Reginald Bull, stehende Explorerflotte hatte die Aufgabe, diese Lücken im Wissen um die eigene Sterneninsel zu füllen. Rund zehntausend Raumer, halb fliegende Laboratorien, halb bewaffnete Festungen und für alle möglichen Konfrontationen gerüstet, durchkreuzten seit über zweihundert Jahren die Galaxis. Was sie seitdem an Daten zusammengetragen hatten, war immens. Aber es war nichts im Verhältnis zur Größe des Spiralnebels, dessen Durchmesser rund hunderttausend Lichtjahre betrug.

Oberst Consyn Predam war normalerweise kein Mann,

der sich über solche Dinge viele Gedanken machte. Aber bevor er den zentralen Antigravschacht verließ, versuchte er sich damit abzulenken. Er wollte sich vorstellen, was die ersten terranischen Weltraumpioniere empfunden haben mochten, als sie in die Galaxis aufbrachen, in ein neues Universum voller unerforschter Wunder und voller Leben, mit dem die Menschheit sich schon auseinanderzusetzen gehabt hatte, als die Erde für sie der einzige Planet gewesen war.

Ein Universum voller Wunder, und heute? Heute wurde die Galaxis den Menschen, nur zu einem Viertel erforscht, schon fast wieder zu klein.

Viele schauten auf und träumten von Andromeda.

Selbst Perry Rhodan, so munkelte man hinter vorgehaltener Hand.

Aber die eigene Milchstraße schien noch so unendlich viele Geheimnisse in petto zu haben, und einem solchen gewaltigen Geheimnis war die EX-3135 auf der Spur.

»Hier«, sagte Predam zu seinem Ersten und legte ihm die Folie auf sein Pult. »Wir fliegen diese Koordinaten an.«

Taka Amaso nahm das Blatt und studierte es. Seine Stirn legte sich in tiefe Falten.

»Sir, was sind das für Krakeleien?« fragte er.

Im nächsten Moment stand Predam vor ihm und riß ihn am Kragen hoch. Amasos Füße baumelten zehn Zentimeter über dem Boden.

»Können Sie die Zeichen lesen, Major?« schnauzte ihn der Oberst an.

»Ja, Sir«, keuchte Amaso. »N... natürlich, Sir...«

»Wahrhaftig, er kann es.« Der Plophoser ließ seinen Piloten los. »Dann fliegen Sie, verdammt nochmal, diese Koordinaten an! Sie beziehen sich auf die Sternenkonstellation, die uns die Luminen schon einmal angaben – als wir mit Glück gegen die roten Kugeln die Oberhand behielten.«

Amaso stellte keine Fragen mehr, Leutnant Henning auch nicht, und selbst der wie immer anwesende Captain Bunn Vänersson hielt den Mund.

»Wir werden Lyssa dort treffen«, versprach der Oberst, »oder keinen. In dem Fall brechen wir unsere Expedition ab und kehren nach Traazam zurück, um der Flotte Meldung zu machen.«

Jemand sagte: »Hoffentlich.«

Predam hörte darüber hinweg.

Wie, fragte er sich, während er Daras totenbleiches Gesicht vor sich sah und gegen den Impuls ankämpfen mußte, irgend etwas mit seinen Fäusten zu zertrümmern, um seinen Schmerz abzureagieren, *wie kann ein anderes Wesen von ihrem toten Körper Gebrauch machen, um uns eine Nachricht zu schicken*?

Um Dara zu retten?

Der Plophoser zog sich in seine Kabine zurück und tippte eine Essensbestellung in den Computer ein. Er hatte keinen Hunger, aber der Verstand sagte ihn, daß er jetzt endlich etwas zu sich nehmen mußte.

Das Glas Whisky mußte er nicht extra anfordern. Er stürzte es sich in einem Zug in den Rachen, aber auch dieser Aperitif regte seine Geschmacksnerven nicht an.

Um Dara zu retten?

Wie konnte man Tote wieder ins Leben zurückholen?

Consyn Predam sagte sich, daß er sich wahrscheinlich nur allzugern selbst etwas vormachte.

In diesem verrückten Spiel war Lyssa die Schlüsselfigur. Alle Antworten mußten von ihr kommen.

Entweder bald oder gar nicht mehr.

17. März 2361, 10:33 terranische Standardzeit.

Die gelbe Sonne besaß nur zwei Planeten, wovon der äußere ein Wasserstoff-Methanriese von doppelter Jupitergröße war und über dreißig Monde besaß. Er kam als

Träger von intelligentem Leben kaum in Frage, aber vielleicht hatte sich auf einem seiner Begleiter eine Zivilisation entwickelt. Die Sonne war zu weit weg, um ausreichend Wärme und Licht zu spenden. Doch das kam beides in ausreichendem Maß von dem Gasriesen.

Der andere Planet hatte große Ähnlichkeit mit der solaren Venus. Der Sonnenabstand betrug allerdings rund 190 Millionen Kilometer. Der Äquatordurchmesser wurde mit rund 10200 Kilometern ermittelt, und die Welt drehte sich mit leicht geneigter Achse in knapp 22 Stunden um sich selbst. Es gab also Jahreszeiten, wenn auch nur schwache.

Nur schwache deshalb, weil der Planet von einer noch dichteren Wolkenhülle umgeben war als die Venus. Darunter herrschte ein Treibhausklima von durchschnittlich fünfzig Grad plus an der Oberfläche. Auf der Nachtseite wurde es nie merklich kühler, die Atmosphäre speicherte die Wärme. Daß die Temperaturen trotzdem »erträglich« waren, lag am vergleichsweise großen Sonnenabstand.

Sollte Lyssa sie hier erwarten, mußten die Raumfahrer Schutzanzüge tragen. Erstens wegen der Tropenhitze, und zweitens wegen der Atmosphäre, die zwar sehr viel Sauerstoff enthielt, aber auch Unmengen von Giftstoffen, die einen Menschen innerhalb kurzer Zeit umgebracht hätten.

Es gab – auch das im Gegensatz zur Venus – riesige Ozeane und unzählige Binnenmeere auf zwei großen und einigen kleineren Kontinenten. Würde die in der Atmosphäre gebundene Flüssigkeit herabregnen, dann hätten Besucher aus dem All vermutlich eine Wasserwelt vor sich. Die höchsten Bergspitzen würden dann als einsame Insel aus dem einzigen Ozean ragen.

»Funksignale, Sir!« meldete Leutnant Henning aufgeregt, als sich die EX-3135 dem Planeten bis auf eine halbe Million Kilometer genähert hatte. »Keine Angabe, von wem sie kommen, aber allen Vergleichen zufolge stammen sie von den Luminen. Es sind Koordinaten, Sir.«

»Landekoordinaten, selbstverständlich«, äußerte sich Vänersson.

»Sie haben es gehört, Major«, sagte der Kommandant. »Also fliegen wir einfach hin und landen.«

Bunn Vänersson schien nicht fassen zu können, daß der Oberst einmal positiv auf einen seiner Entwürfe reagiert hatte. Er sah zu Amaso hinüber, aber der zuckte nur mit den Schultern.

Seit sie nach einer Lineartetappe über 43 Lichtjahre vor diesem neuen, ebenfalls noch nicht katalogisierten Sonnensystem herausgekommen waren, wirkte der Plophoser verändert. Er schien sich endlich wieder besser in der Gewalt zu haben, voller Konzentration auf das, was vor ihnen lag. Er verschwand jetzt nicht mehr in der Medostation, sondern ließ sich lediglich über Interkom alle paar Stunden berichten, ob es dort etwas Neues gäbe. Bisher war das nicht der Fall. Dara war, was man bei einem normalen Menschen »tot« nannte.

»Irgendwelche fremden Objekte in diesem System, Leutnant?« fragte Predam den Funker und – seit Dara ausgefallen war – Ortungsoffizier, während sich die EX der Wolkendecke entgegensenkte.

»Nichts, Sir. Auch von dem Planeten kommt nichts, das auf eine technische Zivilisation schließen ließe. Keine meßbaren Energieemissionen. Es ist allerdings...«

»Was?« fragte der Kommandant mit zusammengekniffenen Brauen.

Henning lachte unsicher, machte zweimal den Mund auf, schaffte aber erst beim dritten Anlauf die Antwort:

»Die Hyperorter reagieren sehr merkwürdig, Sir. Etwas ist dort unten auf dem Planeten, das offenbar fünfdimensionale Impulse abstrahlt, und zwar völlig unregelmäßig.« Er sah überrascht auf einen Bildschirm. »Hier kommt etwas von der Positronik, Sir. Ähnliche Impulse wurden bereits von den Lichtschiffen aufgefangen, allerdings brachten wir sie da mit dem Antrieb in Verbindung, und sie waren auch nur ein Teil des Strahlungsspektrums.«

Mit dem Antrieb! durchfuhr es Predam.

Unwillkürlich fiel ihm Daras Traum ein, nach ihrem ersten Zusammenbruch.

»Wir landen an der Stelle, die uns durch die Koordinaten mitgeteilt wurde«, befahl der Oberst. »Ich verwette meinen Rang darauf, daß uns dort ein Schiff der Luminen erwartet – oder wenigstens ein Beiboot von ihnen.«

Das terranische Schiff tauchte mit stark verminderter Fahrt und und eingeschalteten Schutzschirmen in die oberen Wolkenschichten des Planeten ein, der bisher nur eine Nummer mit vorangesetztem »EX-« war. Durch ionisierte Luftschichten ging es tiefer. Immer dichter wurde die Atmosphäre. Ohne Ortungsanlagen und Spezialoptiken wäre die EX-3135 vollkommen blind gewesen.

Dabei blieb es hell. Die vielen Dutzend Kilometer dicke Wolkenschicht verschluckte nicht etwa das von der Sonne kommende Licht, sondern verstärkte es eher noch. Es wurde in der Atmosphäre weitertransportiert, und als die Wolken endlich wieder dünner wurden und sich schließlich, wenige Kilometer über dem Planeten, ganz in feine Schleier auflösten, lag eine lichtüberflutete, faszinierende Welt unter den Raumfahrern.

»Dort, Sir«, sagte Henning. »Da steht das Raumschiff.«

Oberst Consyn Predam hatte es ebenfalls gesehen. Die Diskusscheibe füllte mit ihren siebenhundert Metern Durchmesser etwa die Hälfte eines flachen, wie glattgeschliffen wirkenden Plateaus aus, das sich an der Küste des Kontinents auf einer Seite aus dem warmen Meer erhob, auf der anderen aus dem Dschungel, der offenbar bisher vergeblich versucht hatte, diese knapp einhundert Meter hohe Insel aus Stein zu erklimmen.

Ansonsten war alles Land, soweit der Blick reichte, von dicken, fleischigen Pflanzen überwuchert. Wahrscheinlich herrschte auf dieser Welt seit Jahrmillionen ein stetiger Überlebenskampf zwischen ihnen. Über dem grünen Teppich lag eine Glocke aus Dunst. Der Urwald dampfte bei Temperaturen um 55 Grad Celsius.

»Noch keine Spur von tierischem Leben«, murmelte Predam. »Aber wer weiß, wo es sich versteckt hält.«

Nicht, daß es ihn in diesen Minuten wirklich interessiert hätte – es war eben eine automatische Beobachtung eines Explorerkommandanten. Was jetzt allein zählte, war das Diskusschiff.

»Wir landen direkt daneben«, wies er Amaso an. »Auf der anderen Hälfte des Plateaus.«

»Sieht so aus, als hätten sie den Platz für uns reserviert«, kam es von Vänersson. »Seltsam, dieses Luminenschiff leuchtet überhaupt nicht.«

Tatsächlich sah es aus wie ein Gerippe, das feine Skelett eines Raumschiffs mit einer zentralen Achse und unzähligen Speichen, die zum Randring hin liefen – von den beiden Polen aus und von der Mitte. Dazwischen gab es eine Unmenge kleiner und größerer Kammern in der oberen Hälfte.

Die untere war ebenfalls »offen«, aber man konnte nicht hineinsehen. Es war wie ein Blinder Fleck auf dem Auge.

Etwas, das nicht materiell war, verwehrte den exakten Blick in die unteren Bereiche des Schiffes und einen kugelförmigen Bereich im Zentrum – vermutlich die Zentrale.

Als Leutnant Henning unmittelbar vor der Landung erklärte, daß die seltsamen Hyperimpulse aus diesem

Teil der Diskusscheibe kämen, wußte der Oberst, daß er mit seiner Ahnung recht gehabt hatte.

Endlich schienen sich die Rätsel zu lösen. Er hoffte es, wußte aber, wie leicht er eine Enttäuschung erleben konnte.

Sein Herz klopfte bis zum Hals. Wieder wurden die Hände feucht. Die EX-3135 landete neben dem Schiff der Luminen; nichts geschah dort.

Weder funkten die Fremden wieder, noch zeigten sie sich in einem der einsehbaren Abschnitte des »Gerippes«; sie kamen ebensowenig ganz einfach heraus.

Predams Hand drückte die Taste des Interkoms. Zwei Sekunden später blickte ihm Darn Magfallow vom Bildschirm entgegen.

»Und?« fragte der Oberst nur.

Magfallow schüttelte den Kopf. Er sah schrecklich aus: das Gesicht eingefallen und ungesund blaß, die Haare strähnig und ungekämmt.

»Keine Reaktion, Oberst«, sagte der Traazamer. »Wenn Lyssa dort drüben ist...« Er schluckte. »Ich meine, ich hatte... Wir *alle* hatten doch gehofft, daß Dara dann vielleicht...«

»Ja«, sagte Predam nur, nickte dem Arzt mit ausdruckslosem Gesicht zu. Er teilte noch mit, daß er und zwei weitere Männer nun die EX-3135 verlassen und auf das Luminenschiff zugehen würden, dann unterbrach er die Verbindung.

»Sie wollen den Kontakt jetzt erzwingen, nicht wahr, Sir?« fragte Bunn Vänersson, der im Schiff bleiben mußte – für den Fall, daß die roten Kugeln in diesem System auftauchten.

»Ich will sie sehen«, knurrte der Plophoser. »Ich will dieser Lyssa gegenüberstehen und von ihr alles wissen. Sie wird es mir sagen, sonst hätte sie uns nicht hierhergelotst.«

»Und wenn es eine Falle ist, Sir?«

Predam hatte für den Einwand des Offiziers nur ein müdes Lächeln übrig. Er überlegte kurz, ob er sich von Kyte Denbrasker ausnahmsweise noch einmal eine Fitneß-Spritze verpassen lassen sollte, aber dann ließ er es.

Die Aussicht darauf, den geheimnisvollen Luminen endlich Auge in Auge gegenüberstehen zu können, gab ihm den nötigen Adrenalinschub.

Taka Amaso und ein Techniker, ein Mann Mitte Fünfzig mit dem Namen Jan Jonathan Wouters begaben sich mit dem Kommandanten in die Polschleuse der EX-3135. Sie legten leichte Schutzanzüge an, die sie vor der mörderischen Schwüle und den Atmosphäregiften schützten. Jeder trug eine Waffe, einen modernen Kombistrahler, der sich entweder auf Paralyse-, Impuls oder Desintegrationsmodus schalten ließ.

Als Oberst Predam das Zeichen zum Verlassen des Schiffs geben wollte, kam ein weiterer Mann hinzu.

Darn Magfallow lächelte schwach. Seine Bewegungen waren sicher und ruhig und paßten absolut nicht zu dem von Strapazen und Erschöpfung gezeichneten Gesicht. Der Kolonist lächelte schwach. Er trug ebenfalls einen Anzug.

»Sie werden mich nicht zurückschicken, Oberst«, sagte er. »Ich *muß* mit hinaus.«

»Sie haben Kyte dazu gebracht, Ihnen noch einmal...?«

»Ich habe es selbst getan, Oberst«, schnitt Magfallow Predam das Wort ab. »Und ich verantworte es selbst. Es ist nicht wichtig, es geht hier nicht um mich. Und vielleicht ist Ihnen ein Psychologe bald ganz nützlich.«

Er glaubt noch immer daran! dachte Predam. *Er hat die Hoffnung nach wie vor nicht aufgegeben.*

»Na gut«, brummte er. »Kyte ist bei Dara?«

»In dem Moment, wo mit Dara etwas geschieht, erfahre ich es«, versicherte Magfallow.

Oberst Predam wartete, bis alle die transparenten Helme geschlossen hatten. Dann betätigte er den Öffnungsmechanismus für das Außenschott. Das Sauerstoffgemisch in der Schleuse wurde abgesogen, dann teilten sich die Schotthälften, und die Luft der Dschungelwelt strömte herein.

Mit Hilfe der Flugaggregate ließen sich die vier Männer auf das Felsplateau sinken. Dann gingen sie zwischen den Teleskoplandestützen auf die Diskusscheibe zu, die zwar riesig wirkte, gleichzeitig aber wie eine Karikatur der Lichtschiffe, wie man sie im Weltraum gesehen hatte.

Predams Herz schlug wild. Noch immer war von Luminen nicht das Geringste zu sehen.

Vielleicht war das eine Falle? Welchen Grund sollten diese Wesen haben?

Aber wenn sich hinter dem »Blinden Fleck« gar keine Luminen verbargen, sondern ihre Gegner, die dieses Schiff vielleicht gekapert und hierher gebracht hatten, um die Terraner...?

»Ganz ruhig, Oberst«, unterbrach Magfallows Stimme die aufkeimenden Schreckensvisionen des Kommandanten. »Ich merke an Ihren Bewegungen, was mit Ihnen los ist. Lassen Sie den Luminen Zeit, das ist kein Hinterhalt.«

»Verdammte Psychologinskis«, knurrte Predam

Sie blieben stehen, als sie den Rand des Diskusschiffes, vierzig Meter über ihren Köpfen, gerade erreicht hatten. Alles andere mußte jetzt von den Luminen kommen. Hier begann sozusagen ihr Hoheitsgebiet.

Von dem Schiff ließ sich von der Unterseite zwar das »Gerippe« erkennen, aber dahinter nichts, obwohl Predam weiterhin hätte schwören können, daß es kein materielles Hindernis gab. Etwas blockierte einfach die Sicht, verwirrte oder schaltete die menschlichen Sinne aus.

»Sir«, klang Leutnant Hennings Stimme im Helmempfänger auf. »Etwas geschieht über dem Meer – oder *im* Meer. Die Orter empfangen Hyperimpulse, und diese werden stärker. Was immer die Quelle ist, es kommt näher.«

Predam drehte sich um und blickte unsicher zum Ozean, der rauschend und krachend gegen das flache Plateau brandete.

Und während er noch die Augen zusammenkniff und versuchte, etwas zu finden, rief Henning:

»Fremde Wesen, Sir! Sie sind voller Energie und geben die Fünf-D-Schockwellen ab! Sie tauchen aus dem Meer auf – und kommen hierher!«

Predam hatte alles andere erwartet, aber nicht so etwas. Er überlegte, ob er den Rückzug ins Schiff befehlen sollte, aber alles sträubte sich in ihm dagegen.

Doch dann sah er sie.

Die Wesen mußten halb stofflich, halb aus purer Energie sein. Sie stiegen vom Ozean hoch und schwebten höher und höher, auf den Landeplatz der beiden Raumschiffe zu. Es war gewaltig. Predam versuchte es immer wieder, indem er die Augen fest zukniff und dann wieder öffnete, aber er konnte die Umrisse der Wesen nicht genau wahrnehmen. Sie flimmerten. Immer wenn er glaubte, eine Form auszumachen, setzte sich ein Blinder Fleck vor seine Augen. Die Wesen schienen wie riesige Quallen zu sein, mit einem Schirm obendrauf und vielen Tentakeln darunter, die entweder schlaff herabhingen oder sich wie tastend bewegten und...

Blinder Fleck!

Quallen – Medusen!

Auch wenn die Umrisse dieser viele Meter großen Geschöpfe nicht klar auszumachen waren – eines konnten die Raumfahrer doch sehen:

Diese unheimlichen Wesen schimmerten und leuchteten in

allen fantastischen Farben, in welche die Lichtschiffe der Luminen im Weltraum getaucht gewesen waren!

»Oberst«, drang Magfallows Stimme wie von fern an Predams Bewußtsein. »Schauen Sie lieber her. Sie sind da.«

8.

Lyssa

Am 17. März 2361, genau 13.20 Uhr, bildete sich aus dem für die Terraner nicht einzusehenden Zentrum des Diskusschiffes ein in allen Regenbogenfarben schillernder, zuerst waagrecht und dann sanft gebogen auf die Plateauoberfläche führender ovaler Energieschlauch heraus, drei Meter hoch und halb so breit.

In der gleichen Minute registrierte Kyte Denbrasker an Bord der EX-3135, daß Captain Dara Slow die Augen aufschlug. Nur das, nicht mehr. Sie starrte mit offenen Augen ins Leere. Kyte konnte weder Gehirn- noch Körperaktivitäten feststellen.

Aus der Schlauchmündung traten, grazil und zerbrechlich, nacheinander vier Luminen. Sie trugen keine erkennbare Kleidung oder Schutzanzüge, obwohl ihre Bewegungen den Anschein erweckten, daß die herrschende Schwerkraft von 0,93 Gravos für sie zu hoch war. Allerdings waren sie von einer leicht flimmernden Aura umgeben.

Predam mußte bei diesem Anblick schlucken. Was hatte Dara Magfallow erzählt? Wie Engel hätten die Luminen ausgesehen. Wahrhaftig, da hatte die junge Frau nicht übertrieben!

Und vom Ozean her kamen die Energiewesen näher, wurden größer und größer.

»Habt keine Angst vor ihnen«, hörte Oberst Predam im Helm. Sein Translator brauchte die Worte nicht zu übersetzen. Sie kamen bereits auf Interkosmo, also hatten die Luminen ebenfalls schnell gelernt. »Sie sind unsere Freunde und – wie ihr sagen würdet – unsere Partner. Sie sind die einzigen intelligenten Lebewesen auf dieser Welt, und sie sind absolut friedlich.«

Predam hörte es gebannt. Irgendwo in einem Winkel seines Bewußtseins formte sich der Name, den er diesem Planeten als sein wahrscheinlich nur zweiter Entdecker geben würde: *Medusa*.

Die Luminen sahen genauso aus, wie Dara sie in ihrem Traumbericht beschrieben hatte: humanoid, aber unglaublich schlank und zart. Die vier waren alle etwa gleich groß, Predam schätzte sie auf gute zwei Meter Höhe. Die großen Köpfe mit den riesigen, hellblauen Augen, in denen statt einer Pupille nur ein winziges, goldenes Licht strahlte, und die transparente Haut mit den Adern und Äderchen darin und den Sehnen und Organen darunter, die von innen heraus leuchteten...

Geschöpfe aus Licht, ja. Wie die Medusen. Geschöpfe wie Engel – zart, graziös und unschuldig...

...aber im gleichen Maße schwach und verletzlich!

Und sie hatten Angst.

»Unbeschreibliche Angst«, sprach Darn Magfallow jetzt Predams Gedanken aus. »Es kostet sie eine unglaubliche Überwindung, sich uns zu nähern.«

Der Plophoser knurrte:

»Sie sind also auch Fremdrassenpsychoheini, was?« Dann wieder die andere Anrede. »Darn, tut mir leid. Was soll ich jetzt tun?«

»Weiterhin abwarten. Alles den Luminen überlassen.«

Er sagte dem Kommandanten nicht, was er von Kyte über Dara erfahren hatte.

Beide Parteien standen sich in einem Abstand von dreißig Metern gegenüber. Näher kamen die Luminen nicht. An ihrer Spitze war von Anfang an ein Wesen, das vielleicht ein wenig heller und farbiger leuchtete als seine Artgenossen.

Von links, wo der Ozean war, schwebten wie bizarre

Wolken die Medusen herbei, langsamer jetzt, und blieben dann auch in der Luft hängen: strahlende Gebilde, von denen ganz schwach wahrnehmbare Lichtfinger in die Diskusscheibe tasteten – dorthin, wo man nichts sehen konnte.

Von rechts wölbte sich der Dschungel an das Plateau, ohne es zu erreichen. Von hinten spürte Oberst Consyn Predam sein Schiff und die erwartungsvollen Blicke seiner Mannschaft. Aber das mußte er jetzt alles vergessen.

Er sah die Luminen vor sich und zwang sich dazu, Magfallows Rat zu befolgen. Alle möglichen Begrüßungsfloskeln wollte er anbringen, aber vielleicht hatte der Kolonist ja recht. *Sie* hatten alles versucht, um in Kontakt zu kommen.

So schwer es ihm angesichts seiner eigenen brisanten Lage in diesem Spiel und des letzten winzigen Fünkchens Hoffnung für Dara Slow auch fiel – er mußte warten und Geduld haben.

Oberst Predam blickte die offensichtliche Anführerin der Luminen unentwegt und schweigend an und verzichtete auf Primitivfloskeln wie: »Ihr habt uns gerufen. Hier sind wir.«

Und Lyssa begann.

Es kostete sie viel Überwindung. Sie machte im folgenden immer wieder Pausen, wie um neue Kräfte zu schöpfen, und dann bildete sich ein Regenbogen von ihr entweder in die blinden Bereiche ihres Schiffes oder zu einer der insgesamt drei Medusen über den beiden Raumschiffen.

Sie stellte sich mit ihrem Namen vor und erklärte:

»Ich, Lyssa, darf diese Insel«, sie deutete über und hinter sich, »schon seit vielen Phasen führen. Zu Ehren und zum Gefallen der Großen Mutter, der Welt, von der wir alle stammen. Viele Inseln verließen die Große Mutter, um unter dem Unendlichen Zelt nach anderen Geschöpfen zu suchen, von denen wir etwas lernen konnten und die von uns Wissen erlangen sollten. Denn für uns gab es keine ungelösten Rätsel auf Luminia mehr, keine Fragen, die eine Antwort verlangten. Wir sind nicht das einzige Leben, das entstand, aber wir lernten am ehesten, alles andere zu verstehen und zu ehren, das bei uns wuchs und lief und flog und schwamm.«

Oberst Predam schluckte schon wieder. Er hatte von dieser Lyssa nicht gerade ein Glaubensbekenntnis erwartet. Eher hatte er gedacht, daß sie sofort auf ihre Feinde in den roten Kugeln zu sprechen kam.

»Ich verstehe«, sagte er, obwohl er noch gar nichts von dem verstand, worauf das Wesen ihm gegenüber hinauswollte.

Lyssa zeigte nicht, daß sie bemerkte, daß er nichts verstand, und auch Darn Magfallow schwieg weiter über das, was er aus der Krankenstation des Explorers an Neuigkeiten hörte. Der Psychologe sagte nur, daß Lyssa offenbar erst die Hintergründe schildern wollte, die man zum Verständnis dessen benötigte, was an diesem Tag in diesem Sektor der Galaxis geschah.

»Die Medusen«, fuhr die Lumina fort, »haben wir am Anfang unserer Reisen unter dem Unendlichen Zelt entdeckt. Für uns war es ein Glücksfall, denn ohne sie wären wir mit unseren bescheidenen Kräften nie weiter als bis zu diesem Sonnensystem hier vorgedrungen. Von unserem Heimatplaneten ist es... nicht sehr weit entfernt.«

Consyn Predam hatte das untrügliche Gefühl, daß Lyssa die konkrete Entfernungsangabe schon auf der Zunge gehabt hatte, sofern sie über eine verfügte, aber dann doch verschwieg.

»Wir bauten Schiffe«, hörte er, ohne einen Einwurf oder eine Frage zu wagen, »die zunächst mit rein chemischen Antrieben die Nachbarn der Großen Mutter erreichten. Aber wir wollten weiter hinaus, und so rüsteten wir eine Expedition zu den Nachbarsternen. Es gab zu dieser Zeit eine Entwicklungsrichtung in unserem Volk, die Luminen hervorbrachte, deren Sinne in das übergeordnete Kontinuum hineinreichten. Sie lernten die von dort geholten Kräfte zu beherrschen und erlaubten uns den Sprung zu den Sternen.«

Predam schwieg, als Lyssa abermals eine Pause machte. Er hatte so viele Fragen, aber sein Hals war wie zugeschnürt.

Akonen, Blues, Antis, Topsider, Ferronen, Unither und natürlich alle Menschen und Menschenabkömmlinge – was waren *sie* im Vergleich zu *dieser* fantastischen Form von intelligentem Leben!

Er wußte, was nun kommen würde, und er dachte – bei allen Problemen, die ihn auch in diesem Moment viel mehr beschäftigten –, daß die Luminen, so wie sie sich ihm darstellten, in der Milchstraße ohne weiteres eine dominierende Rolle hätten spielen können.

»Es war eine Fehlentwicklung«, sagte Lyssa. Ihr Mund öffnete und schloß sich in dem zerbrechlichen Körper, als koste es sie unglaublich viel Kraft, so mit anderen zu kommunizieren. Predam nahm an, daß die Luminen untereinander telepathisch verkehrten. »Aber wir kamen zu diesem Stern hier und zu diesem Planeten. Wir fanden die Medusen, und wir stellten fest, daß sie und wir geistig miteinander korrespondieren konnten. Wir schenkten ihnen die Sehnsucht nach den Sternen – und sie schenkten uns...«

»Euren Raumschiffantrieb«, warf der Plophoser ein.

Lyssa hatte sich einige Schritte ihrer spindeldürren, silbern strahlenden Beine weiter genähert. Jetzt sah er die goldenen Punkte in ihren Riesenaugen genau auf sich gerichtet.

»Die Medusen leben halb hier und zur Hälfte dort, wo unsere Sinne enden«, sagte Lyssa. »Sie sind nur mit einem Teil ihrer selbst unter diesem Unendlichen Zelt geboren worden. Der andere Teil lebt in dem Unaussprechlichen Bereich darüber – aber sie können dessen Kräfte beliebig anzapfen und unsere Schiffe führen. Dort, wo Fremde nichts sehen können, wenn die Medusen uns nicht unter das Zelt hinauftragen und mit uns leuchten, dort helfen sie uns beim Überschreiten aller Grenzen, und sie tun es gerne, denn auch sie wollen lernen.«

Überschreiten aller Grenzen, dachte der Plophoser. *Also die Lichtgeschwindigkeit – und vielleicht ganz andere Barrieren.*

»Wir nahmen also die Medusen in unsere Inseln auf und bauten diese so groß, daß Platz genug für immer fünf oder sechs von ihnen war«, berichtete Lyssa weiter, »und wir machten uns daran, das Unendliche Zelt nach seinen Wundern und Offenbarungen zu durchforschen.« Lyssa machte eine Pause. Entweder war sie erschöpft, oder was sie jetzt zu sagen hatte, bereitete ihr Qualen. Es dauerte einige Minuten, bis sie sich wieder faßte, und in diesen Minuten geschah zweierlei:

Erstens richtete sich Captain Dara Slow in ihrem Krankenbett auf und begann, hysterische Schreie auszustoßen; und zweitens brachen zwei Millionen Kilometer vom Planeten Medusa entfernt zwei rote Kugelraumer aus dem Hyperraum.

»Das wolltest du sagen, oder?« Oberst Consyn Predam stellte die Frage, während er fieberhaft überlegte, was nun zu tun war. Er hoffte, daß Vänersson die Aggressoren mit seinen Transformkanonen vernichten konnte, falls sie näherkamen und angriffen. Vielleicht handelte es sich aber auch nur um die Vorhut eines größeren Verbands. Die Luminen mußten auf jeden Fall schnell von hier verschwinden. Lyssa und ihre Begleiter standen starr vor Entsetzen, als sie die Nachricht hörten. Ihre transparenten Körper wurden von regelrechten Farb-

nigt und Kurs auf die Stelle der Oberfläche Medusas genommen, wo sich Lyssa und Oberst Predam gegenüberstanden.

Lyssa stieß Schreie aus, die schmerzhaft in Predams und seiner Begleiter Ohren stachen. Das zarte Wesen krümmte sich. Seine Qualen schienen unvorstellbar zu sein. Die transparente Haut wurde milchig, dann weiß wie bereift.

Bevor der Oberst nach ihr greifen und sie stützen konnte, wurde die Lumina von einem Lichtfinger in den Energieschlauch und in ihr Raumschiff zurück geholt. Der Schlauch verschwand, und das Schiff begann langsam zu leuchten. Überall in dem »Gerippe« war es, als würden farbige Lichter langsam angeschaltet und heller. Sie flackerten, vermischten sich miteinander, erfüllten alle Lücken und wanderten am Rand der Diskusscheibe entlang nach links – der bekannte Eindruck, daß das Lichtschiff sich um die eigene Achse drehe.

»Wir müssen auch zurück, Sir«, sagte Amaso. Er rüttelte an Predams breiten Schultern. »Sir, wir wissen nicht, was geschieht, wenn ein Luminenschiff startet – und Lyssa scheint es in diesem Moment völlig egal zu sein.«

»Sie ist vor Entsetzen über die Vernichtung der Kugeln halbtot, Oberst«, kam es von Darn Magfallow. »Sie weiß nicht, was sie tut, aber sie fliegt jetzt nach Luminia – zu ihrem bedrohten Heimatsystem. Wir müssen ihr folgen!«

»Wo... woher willst du das wissen?« stammelte Predam, als er sich endlich rührte und sein Flugaggregat einschaltete. Zusammen mit Amaso, Magfallow und Wouters, der keine große Hilfe hatte sein können, flog er in die offene Polschleuse der EX-3135. Sein letzter Blick nach draußen zeigte ihm, wie die farbigen Lichter immer schneller um die jetzt hell strahlende Diskusscheibe rasten und wie die drei am Himmel stehenden Medusen sich wieder aufs Meer zurückzogen und zu sinken begannen.

»Weil Dara es sagt«, begründete der Psychologe. »Sie spricht für Lyssa, Oberst. Anders gesagt, sie *ist* jetzt Lyssa.«

9.

Luminia

Ja, Predam machte sich Vorwürfe. Wenn er, selten genug, dazu kam und an das zurückdachte, was an turbulenten Ereignissen hinter ihm und seiner Mannschaft lag, dann schlug ihm wieder das Gewissen wie ein mächtiger Gong. Denn dann mußte er sich wieder die Frage stellen, wieso er nie versucht hatte, mit den Fremden in den roten Schiffen zuerst zu reden und dann erst zu schießen – wenn es gar nicht mehr anders ging.

Rechtfertigungen hatte er genug für sich gefunden, aber ob sie stichhaltig waren, das würden einmal andere zu entscheiden haben. Oberst Consyn Predam kam auch jetzt nicht dazu, sich länger damit auseinanderzusetzen.

Und er blieb sich als der Mann treu, der einsame und schnelle Entscheidungen traf. Er würde mit der EX nach Luminia fliegen, aber erst dann, wenn sichergestellt war, daß dem Planeten Medusa und seinem Sonnensystem von den roten Kugeln keine Gefahr mehr drohte.

Leutnant Dennis Henning strahlte den Hyperfunkspruch ab, als die EX-3135 sich exakt im Zentrum einer gedachten Linie zwischen Medusa und dem Riesenplaneten befand. Diese Position galt auch als Koordinatenangabe für die Schiffe der Solaren Flotte, von denen Predam hoffte, daß sie bald kommen würden.

Er hatte knapp formuliert, worum es ging, dabei aber gehörig übertrieben. Medusa hatte er als eine Welt geschildert, die für das Solare Imperium von unschätzbarem Wert sein könnte; die Aggressoren warteten für jeden, der den Text empfing, zähnefletschend und säbelrasselnd am Rand des Systems, um sich diesen Planeten zu schnappen.

Jeden Hin- oder Verweis auf die Fenntner-Ballung und Traazam hatte er dabei vermieden. Hier, in der Northside am Rand der Galaxis, tobte ein galaktischer Krieg zwischen den Fremden in den roten Kugeln und den Wesen in den Lichtschiffen, die bereits anderswo für Aufsehen gesorgt hatten.

Das sollte vorerst genügen.

Henning funkte eine 12553 Lichtjahre entfernte Flottenbasis an, per Richtstrahl und hochgradig kodiert. Tatsächlich erhielt die EX-3135 nach wenigen Stunden Antwort. Ein hoher Flottenoffizier, dessen Name Predam allerdings noch nie zuvor gehört hatte, bestätigte den Empfang der Nachricht und kündigte an, mit einem aus zwanzig Schiffen bestehenden Verband so schnell wie möglich aufzubrechen. Es würde dennoch zwei Tage dauern, bis er am Ziel sein könne.

Oberst Consyn Predam konnte zufrieden sein. Allerdings wollte er den Luminen am liebsten sofort in ihr Heimatsystem folgen, das angeblich bedroht war.

Was sollte das heißen – bedroht? Standen die roten Kugeln schon im System und sammelten sich zum massierten Angriff?

Dies und anderes mußte ihm Magfallow erklären, oder Dara, oder eben Lyssa in Dara. Der Oberst begriff das alles nicht mehr. Aber er hatte schon viel zuviel Zeit in der Zentrale vertrödelt und mußte sich endlich selbst ein Bild von den Vorgängen in der Medostation verschaffen.

»Sie wissen Bescheid, Leutnant?« fragte er Henning vorsichtshalber noch einmal.

»Wir setzen eine Infoboje aus«, sagte der Funkoffizier. »Sie wird ununterbrochen ein Signal aussenden. Wenn die zwanzig Schiffe hier erscheinen, wird man sie finden und bergen. Sie wird ihnen alles an Informationen geben, was die Leute in den Schiffen brauchen.«

»Und wir werden dann fort sein«, brummte der Kommandant. »Wahrhaftig, meine Herren. Wir werden uns jetzt bis zum Rand des Systems zurückziehen und diese verdammten zwei Tage darüber wachen, daß keine roten Schiffe auftauchen. Sobald der Verband ankommt, sind wir verschwunden – Kurs Luminia. Die Koordinaten haben Sie, Major.«

»Ich hoffe es, Sir«, sagte der Pilot.

»Ich hoffe es auch«, knurrte Predam, »und dieser Magfallow darf hoffen, daß wir an dem von ihm – ach zum Teufel, von Dara oder von Dara und Lyssa – bezeichneten Ort auch ein Sonnensystem finden. Und zwar eines, das nicht schon in Trümmern liegt.«

Damit verabschiedete er sich aus der Zentrale und machte sich auf den Weg, den er schon so oft gegangen war – immer auf alles gefaßt und allmählich, was ihn wütend auf sich machte, allmählich auch irgendwie abstumpfend.

Ich habe einen Teil von mir in dich hineingelegt, Freundin. Wenn die Zeit kommt, werde ich ihn mir wieder zurückholen. Und ich werde dir dafür wiedergeben, was ich und Wesen von meiner Art von dir genommen haben.

Du warst an der letzten Grenze, Dara. Die gegangenen Schwestern und Brüder hatten dich schon so gut wie bei sich, aber sie meinten es nicht schlecht mit dir. Tot? Nein, Dara, einen Tod, wie ihr ihn euch vorstellt, gibt es nicht. Das Leben erlischt niemals. Ihr werdet das noch lernen – so wie wir es gelernt haben.

Ja, sie war weit, sehr weit weg gewesen. An der Grenze des Universums? Sie glaubte, noch viel weiter. Aber immer, wenn sie gemeint hatte, ihre Flügel ausbreiten und in die Unendlichkeit gleiten zu können, dann waren da wieder die anderen Stimmen gewesen, und mit ihnen die Gesichter aus ihrem früheren Leben.

Sie hatten sie eingeholt, immer wieder. Das andere Ufer war schon so unendlich weit fort gewesen, aber es hatte nach wie vor gelockt. Sie hatte gewußt, daß es da war und sie nicht losließ.

Sie hatte sogar versucht, den Faden gewaltsam zu zerreißen und sich zu befreien, mit den Seelen zu gehen, mit ihnen zu wandern bis ans Ende der Zeit und dann wieder in eine neue hinein...

Sie hatten sie mit ihren Maschinen zurückgehalten und den Körper gestützt, den sie fortwerfen wollte. Früher oder später hätte sie es geschafft. Aber sie hatten sie auch mit ihren Worten gehalten, mit ihrer Liebe...

Schließlich kam Lyssa. Nach der schrecklichen kurzen Begegnung, die mit dem Tod so vieler Luminen geendet hatte, war Lyssa auf einmal wieder da und tastete vorsichtig nach ihrem entfliehenden Geist.

Sie hatte ihr die Hälfte von sich zurückgegeben, die Leere wieder gefüllt, das bleierne Vakuum aus Hoffnungs- und Sinnlosigkeit.

Wir haben nicht viel Zeit, Dara. Ihr müßt lernen, so wie wir lernen mußten. Wir näherten uns euch, um Hilfe zu suchen – Hilfe gegen jenes Tote Leben, das uns bedroht und auslöschen wird. Doch wir fanden nur Welten, die entweder ohne intelligentes Leben waren oder von solchem bewohnt, das wie die Feinde wirkte. Es hatte sich weit von seinen Wurzeln entfernt und vergessen, wozu es vom Großen Planer geschaffen worden war.

Durch dich, Freundin, habe ich unseren Irrtum erkannt. Ihr habt euch von Totem Leben abhängig gemacht, aber in eurem Innern seid ihr lebendig und dürft noch hoffen, eines Tages die Fesseln des Toten zu sprengen, die ihr euch selbst angelegt habt.

Vielleicht wären wir heute wie ihr, wenn wir nicht die Medusen gefunden hätten.

Freundin, erschrick nicht. Du bekommst nun von mir viele Informationen auf einmal. Der Führer eures Raumschiffs steht mir gegenüber, ich muß mich auf ihn konzentrieren. Und ich muß immer, immer, *damit rechnen, daß sie uns finden. Es war gefährlich, diese Welt zum Treffpunkt zu machen, denn die Medusen dürfen nie in Gefahr geraten.*

Meine Gefährten haben Angst vor euch. Du spürst, daß auch ich noch voller Beklemmungen bin. Aber es geht zu Ende. Luminia wird keine zehn eurer Zeiteinheiten mehr bestehen, wenn ihr uns nicht helft. Die Feinde marschieren auf. Ich weiß nicht, wieviel Zeit wir noch haben, und ich muß mich mit eurem Anführer unterhalten, Dara. Deshalb paß auf...

Und das Wissen floß auf sie über wie eine gewaltige Flutwelle. Sie glaubte darin ertrinken zu müssen und schrie, *schrie*.

Dann war sie ruhig.

Sie wußte, daß *sie* nun da waren und Lyssa sich nicht weiter um sie kümmern durfte. Sie verstand es. Es ging jetzt um mehr, um alles.

Das Tote Leben, es war nicht immer so gewesen wie heute, und Dara begriff nun auch, was die Luminen so sehr abgeschreckt hatte, wann immer sie auf ihrer verzweifelten Suche nach Hilfe einen bewohnten Planeten angeflogen hatten.

Vor rund tausend Jahren, nachdem sie einen Teil dieses nördlichen Spiralarms der Milchstraße erforscht hatten, als sie Dutzende von intelligenten Wesen kennen- und verstehen gelernt hatten und ihrerseits diesen Völkern vom eigenen Wissen abgegeben hatten, waren die Luminen auf ein Sternenvolk gestoßen, das anders war als alle bisher bekannten.

Es waren aggressive Wesen, die ihr System und das der umliegenden Sonnen besiedelt hatten und weiter vordrangen, immer weiter und immer fürchterlicher. Wo sie auf anderes Leben trafen, da zerstörten sie es, um Lebensraum für sich zu erobern. Sie waren gierig, diese Kreaturen, die den Menschen so ähnlich sahen. Sie wollten alles haben. Sie waren erfüllt von einem irrationalen Haß auf alles, was ihnen die Herrschaft über die Galaxis streitig machen könnte, die sie anstrebten. Selbst ihre eigenen Welten zerstörten sie. Sie nahmen keine Rücksicht auf die Schöpfung, die den Luminen das Allerheiligste war – angefangen von den einfachsten, winzigen Lebensformen. Für die Luminen war alles beseelt, selbst die Steine. Die Wesen, auf die sie vorher gestoßen waren, waren oft ebenfalls nicht sehr schonend mit dem um sie herum Existierenden umgegangen, aber kein bekanntes Volk war *so* grausam und radikal gewesen wie die Eroberer.

Die Luminen erlitten furchtbare Verluste, ehe sie begriffen hatten, mit welchen Ungeheuern sie es überhaupt zu tun hatten. Bevor sie sich zurückziehen konnten, wurden zwei von ihren drei Expeditionsschiffen ohne Vorwarnung abgeschossen. Der Schock bei den Überlebenden saß so tief, daß sie zwar aus dem Heimatsystem der Aggressoren entkamen, sich aber dann, gelähmt und irr vor Verzweiflung und Grauen, in eine Sonne stürzten.

Die Medusen, die mit ihnen und dem Schiff starben, übermittelten kurz vor dem Tod noch eine Nachricht an ihren Heimatplaneten, und dort erfuhren die Luminen von dem schrecklichen Unglück.

Nie wieder flogen sie danach den Raumabschnitt an, in dem dies geschehen war. Sie hätten niemals erfahren, was aus den schrecklichen Eroberern geworden wäre, wenn sie nicht eines Tages, vor kaum hundert Jahren, auf im Weltraum lebende Wesen gestoßen wären, die ihnen deren Geschichte erzählten.

Die Haßerfüllten, so berichteten sie, hatten sich in einem grausamen, langen Sternenkrieg gegenseitig ausgelöscht. So wie sie alles andere Leben gehaßt hatten, hatten sie sich schließlich untereinander gehaßt. Viele Planeten waren in diesem furchtbaren Krieg vernichtet worden, und mit ihnen alles, was auf ihnen gelebt und dieses Leben geliebt hatte, mit allen Träumen und Hoffnungen.

Doch das war nicht das Ende der Eroberer. Sie hatten nämlich ein schreckliches Erbe hinterlassen.

Ihre Kriegsschiffe hatten sie im Laufe der Zeit weitgehend mit Robotern ausgerüstet. Und vor etwa 150 Jahren, gerechnet von der Jetztzeit an, waren ihnen andere Roboter in unförmigen, riesigen Kastenraumern begegnet. Die Eroberer gerieten durch sie in arge Bedrängnis, doch sie schafften es, zwei Schiffe der intelligenten Roboter abzuschießen und hinter das Geheimnis dieser künstlichen Intelligenz zu kommen. Sie fanden die organische Substanz in den Maschinen und entdeckten, wie diese mit dem robotischen Teil in Verbindung stand. Sie fanden einen Weg, diese Substanz zu züchten und ihren eigenen Robotern einzuverleiben.

Und dann starben sie, und ihre Roboter begannen das fortzuführen, woran ihre Erbauer gescheitert waren.

Sie brachen ins Universum auf, ohne Ziel, nur dem Programm verpflichtet, das ihnen die Erbauer mit auf den Weg gegeben hatten: zu töten und zu erobern.

Alles Leben auszulöschen, das ihrem sinnlos gewordenen Siegeszug einmal im Weg stehen konnte. So sollte es bis in alle Zeiten sein, bis die Galaxis, das ganze Universum nur noch von ihnen beherrscht wurde.

Vor fünfzig Jahren dann hatten die Roboter, die auf ihren Welten unaufhörlich die roten Kugelschiffe produzierten und sich selbst vervielfachten, die Luminen entdeckt. Und zwanzig Jahre war es her, seit sie die Lichtwesen bis zu ihrem Heimatsystem zurückverfolgen konnten. Sie hatten eine Möglichkeit gefunden, die Inseln bei ihrem Rücksturz ins Normaluniversum anzumessen – und zwar ausgerechnet dank der charakteristischen Hyperimpulse der Medusen, die (unter anderem) bisher in einer Art Umkehrung dafür gesorgt hatten, daß Medusa unentdeckt geblieben war; ein »Blinder Fleck« im All.

In ihrer Verzweiflung, als sie dies kommen sahen,

hatten die Luminen etwas getan, für das sie sich selbst abgrundtief schämten. Sie hatten aus dem genetischen Pool ihres eigenen Volkes diejenigen Verbindungen wiederhergestellt, die einstmals dazu geführt hatten, daß sich Luminen mit Fähigkeiten entwickelten, die nur mit denen der Medusen vergleichbar waren.

Und doch mußte es sein. Es hatte dafür gesorgt, daß das Heimatsystem bis zur Gegenwart zwar von den Feinden entdeckt und immer heftiger attackiert worden war, aber allen Angriffsversuchen standhalten konnte.

Aber nun waren die Kräfte erschöpft. Die Luminen hatten Schiffe ausgesandt mit dem Auftrag, um Hilfe für ihre bedrohte Welt zu bitten. Sie hatten aber nur Welten gefunden, deren Bewohner auf so furchtbare Weise den Eroberern glichen, die sich selbst gerichtet hatten. Auch sie zerstörten das, was sich vor, mit oder nach ihnen auf demselben Planeten entwickelt hatte. Immer waren sie zurückgeschreckt, hatten es nicht ertragen können, Totem Leben zu begegnen, wie sie es verstanden und nannten. Und nun, als die Feinde zum finalen Schlag gegen sie ausholten, waren sie wieder auf Wesen gestoßen, die sie als Totes Leben ansehen mußten, bis...

Bis eines dieser Wesen plötzlich in Lyssa gewesen war, mit ihr verschmolzen, auf unbegreifliche Weise über alle Grenzen hinaus bei ihr, mit ihr, in ihr.

Jetzt, als sich alles dem Ende zuneigte und viele Luminen sich schon voller Verzweiflung aus ihrem jungen Leben freiwillig der Letzten Grenze entgegenwarfen, da war diese bisher vollkommen unbedeutende Frau aus einem für die Luminen absolut fremden Volk zur einzigen und letzten Hoffnung geworden, daß das Verhängnis doch noch abgewendet werden konnte.

Dann der Schock. Die Feinde in ihren roten Kugeln. Zielstrebig stießen sie auf den Planeten herunter, und kompromißlos wurden sie abgeschossen.

Roboter starben lautlos, aber sie nicht. In ihnen schrie dasjenige, das lebte und sie mit undefinierbarer Intelligenz versorgte.

Es war ein tiefer Fall, vom Fast-Erwachen zurück in die Tiefen des Schmerzes und der Verzweiflung.

Dara lag da, die Augen immer noch offen, blicklos auf die Decke gerichtet. Ihre Hände bewegten sich. Die Finger krochen über die Decke wie Spinnenbeine. Ihre Füße zuckten, ihre Lippen formten Worte, die niemand lesen konnte. Doch ihre Brust hob und senkte sich nicht. Ihr Herz schlug nicht. Kein Monitor zeigte Gehirnaktivitäten an, obwohl Dara Slow immer noch sprach.

»Ihre Körpertemperatur«, erläuterte Kyte Denbrasker leise, »beträgt nach wie vor 35,5 Grad.« Hatte sie das schon früher einmal gesagt? Entweder hatte sie es versäumt, oder Predam hatte nicht zugehört. – Unsinn, sie und Magfallow hatten bereits bezeugt, daß sie *tot* sei.

»In ihrem Körper fließt kein Blut, aber es stockt auch nicht. Wir entnehmen laufend Gewebeproben, und ihre Zellen – sie leben. Oberst, davor muß ich kapitulieren. Es widerspricht allem, was ich jemals gelernt habe.«

Was dir programmiert worden ist, verdammter Robot! dachte Predam, als er an Daras Bett saß und ihre Hand nahm. Tatsächlich war sie warm. Nur der Pulsschlag fehlte.

»Dara?« fragte er leise. Magfallow und Denbrasker standen hinter ihm. »Dara, kannst du mich hören?«

»Die Medusen«, flüsterte die Raumfahrerin. »Sie sind mächtig, aber sie wissen es nicht. Sie könnten das Universum zerstören, wenn sie wollten.«

»Was?« fragte Predam. »Dara ... Lyssa, was ...?«

»Sie ... sie könnten mit einem Stoß ihrer fantastischen Kräfte alle Feinde in den Hyperraum schleudern ...«

Daras Augen fieberten. Die Ränder waren rot. Doch in diesen Augen war ein Glanz, der Consyn Predam schaudern ließ.

Er wechselte einen Blick mit Darn Magfallow und sah, daß der Kolonist das gleiche dachte wie er selbst.

Jetzt sprach nicht mehr Lyssa aus der Terranerin. Nie hätte die Lumina an so etwas überhaupt nur *denken* können.

Und das war es.

Das war es!

»Dara!« Predam nahm ihre Hand in beide Pranken und drückte sie, massierte sie, schüttelte sie wie jemand, der Wiederbelebungsversuche unternahm. »Du bist wieder du. Du denkst wieder wie du selbst! Wie nur einer von *uns* denken kann. Dara – *Captain* Dara Slow...!«

Ihre Augäpfel bewegten sich. Sie sah ihn an.

»Ihr Gehirn arbeitet!« rief Magfallow. Er war aufgesprungen und zeigte mit zitternder Hand auf die Monitore. »Sehen Sie, die Kurven...«

»Sir?« formten Daras Lippen. Und dann, flüsternd, als sie Darn erblickte und Kyte. »Bin ich... schon zu spät, Sir...?«

Um 0:40 Uhr am 20. März 2361 materialisierten nacheinander die terranischen Kugelraumer vor dem System. Der Kommandant hatte die bevorstehende Ankunft eine Viertelstunde vorher über Hyperfunk angekündigt und es der EX-3135 damit leicht gemacht, rechtzeitig weit genug weg zu sein. Vor allem hatte die EX genug Zeit, um sofort in den Linearraum eintauchen zu können, noch während die letzten Schiffe dieses zwischen dem Einstein- und Hyperraum eingebettete Kontinuum verlassen hatten.

Um eine Verfolgung brauchte sich Oberst Predam daher nicht mehr zu sorgen. Seine »Flucht« würde geortet werden, aber das war es auch schon. Ehe man sich bei den Flottenschiffen zu wundern aufhörte, würden die Funker die Signale der Infoboje auffangen. Danach mußte alles wie nach Plan laufen.

Predam hoffte nur, daß der Verband lange genug im System blieb, um die Sicherheit der Medusen zu gewährleisten, bis die EX-3135 wieder zurückkehren konnte.

Während der letzten zweieinhalb Tage waren keine roten Kugeln mehr aufgetaucht. Die Raumfahrer, allen voran Consyn Predam und Darn Magfallow, hatten zweimal zwölf Stunden lang geschlafen, abwechselnd, damit immer einer bei Dara sein konnte. Beide Männer fühlten sich jetzt wesentlich besser, und das hatte nicht nur mit dem dringend nötigen Schlaf zu tun.

Captain Dara Slow lebte wieder. Es war ein Wunder, das sich kein Arzt und kein Psychologe erklären konnte. Vielleicht gab es eine Antwort, wenn sie Luminia erreicht hatten und wieder mit Lyssa sprechen konnten. Was mit Dara geschehen war, sprach allem Hohn, was die Menschen des 24. Jahrhunderts über Leben und Tod zu wissen glaubten.

»Ich habe alles erzählt, was Lyssa mir an Informationen vermittelt hat«, sagte die Ortungsspezialistin, als sie mit Darn Magfallow, Oberst Predam und Kyte Denbrasker zusammen in der kleinen Messe des Schiffs saß und etwas trank. Sie warteten darauf, daß die Linearetappe zu Ende ging. Erst kurz vor dem Wiedereintritt in den Normalraum wollten sie in die Zentrale zurück. Daras Hand lag auf der von Magfallow. Sie lächelte ihn an. An ihr war nichts Zombiehaftes mehr. Sie schien nie ohne meßbare Lebensfunktionen in ihrem Krankenbett gelegen zu haben. »Ich freue mich darauf, Lyssa persönlich gegenüberzustehen.«

»Gegenüberzustehen?« fragte der Plophoser verwundert. »Captain, Sie waren so eng mit diesem Wesen zusammen, wie es zwei Geschöpfe nur sein können – eine geistige Einheit. Und da wollen Sie...«

»Es ist etwas völlig anderes, Sir«, sagte sie. Sie und der Oberst redeten sich wieder förmlich an. Zur Ausgelassenheit war hoffentlich später noch Zeit. Jetzt stand ihnen der schwerste Teil ihrer Mission erst bevor. »Ich war in Lyssa – beim ersten Kontakt. Dann materialisierte sich ihr Geist in mir – während Sie mit ihr redeten. Aber ich hatte nie ein Bild von ihr. Ich meine, wie sie aussieht.«

»Augenblick«, warf Kyte Denbrasker ein. »Sie haben uns die Luminen doch beschrieben, lange bevor wir sie zum erstenmal sahen.«

»In meinem Traum«, erklärte ihr Dara, »habe ich nur die anderen Luminen gesehen, durch Lyssas Augen.«

»Lyssa sieht nicht anders als ihre Gefährten aus«, sagte Predam.

»In *unseren* Augen«, korrigierte ihn Magfallow, »sehen sie vielleicht alle gleich aus. In *ihren* Augen ist zwischen Ihnen und mir auch kein großer Unterschied.« Er grinste und blickte an sich herab, dann auf den Kommandanten. »Naja, bis auf einige Gramm...«

»Danke.«

Magfallow nickte großzügig, und Dara lachte.

Sie schwiegen. Jeder von ihnen mochte an das gleiche denken – was für ein Bild sich ihnen bieten würde, wenn sie das Luminia-System erreichten. Die Luminen hatten übrigens keinen Eigennamen für ihre Sonne, und da ihm eine bloße Katalognummer in diesem Fall als zu steril erschien, hatte Oberst Predam das Sonnensystem der Lichtwesen eben nach deren Heimatplaneten benannt.

Es besaß fünf Planeten, und Luminia war der dritte davon. Das hatte Dara noch von Lyssa erfahren und den Terranern berichtet, nachdem sie erwacht war. Luminia selbst besaß zwei Monde und hatte eine Vielfalt von Leben entwickelt. Dem Bild nach, das Dara von der Lumina erhalten hatte, mußte diese Welt viel Ähnlichkeit mit der vorindustriellen Erde besitzen.

Die anderen Planeten waren weitgehend unbewohnt. Die Luminen hatten dort Basen und bauten die Rohstoffe ab, die sie zur Aufrechterhaltung ihrer Zivilisation benötigten. Der wenige Abfall, den die luminische Zivilisation produzierte, wurde nach Zamen gebracht, dem fünften Planeten, einem atmosphärelosen Felsbrocken wie die Welten Nummer zwei und vier. Der innerste Planet des Systems war eine Gluthölle ähnlich dem Merkur.

Früher hatten die Luminen auch ihre gesamte Energieerzeugung auf die unbewohnten Planeten ausgelagert, bis sie den Medusen begegneten. Diese unbegreiflichen Wesen trieben nicht nur ihre Raumschiffe an. Sie waren auch auf Luminia zu finden, in großen für sie eingerichteten Biotopen, und versorgten die Städte der Luminen mit mehr Energie, als die jemals brauchten. Es gab keine Probleme mit Umweltverschmutzung oder -ausbeutung. Ganz Luminia war, so hatte es Lyssa Dara gezeigt, ein Park, ein wahres Paradies.

Luminia war somit eigentlich die unerreichbare Perfektionierung dessen, was sich die Siedler auf Traazam für die Zukunft ihres Planeten wünschten.

Die Koordinaten des Luminia-Systems hatte Dara natürlich ebenfalls von Lyssa erfahren, verbunden mit den inzwischen geläufigen Bezugspunkten. Von der Welt der Medusen war die »Große Mutter« nur neunzehn Lichtjahre entfernt.

Aus der Zentrale meldete sich Major Taka Amaso. Er teilte mit, daß der Rücksturz der EX-3135 unmittelbar bevorstehe. »Wir haben zweieinhalb Tage Zeit verloren«, brummte Predam, als die vier sich erhoben. »Hoffentlich ist in dieser Zeit nicht...«

»Die Luminen konnten ihr System zwanzig Jahre lang gegen die Roboter verteidigen«, beruhigte ihn Kyte Denbrasker. »Sie werden es auch noch zwei oder drei Tage länger können.«

»Wahrhaftig.« Predam nickte grimmig. »Man sollte es wahrhaftig glauben – oder wenigstens hoffen.«

»Und ich dachte schon, Sie hätten ein Gelübde getan oder es sich einfach abgewöhnt, Sir«, seufzte Dara.

»Was?« fragte Predam. »Was denn?« Dann verstand er und winkte ärgerlich ab.

»Wahrhaftig, dachte er, als sie vor ihm ging, *sie ist wie ausgewechselt. Sie ist auch anders als – vorher. Sie ist jetzt freier, lockerer, fröhlicher ...*

Er war nicht sicher, ob dies das richtige Wort war. Und wenn schon! Auf Dara Slow kam noch einiges zu. Sie hatte ihn auf diese Idee mit den Medusen gebracht, und sie allein konnte das, was er vorhatte, den Luminen begreiflich machen. Mit viel Glück und hundert Fragezeichen.

Die EX-3135 tauchte zwischen den Bahnen des vierten und fünften Planeten ins Luminia-System ein – normalerweise ein Wahnsinnsmanöver, aber anders war es nicht möglich, *hinter* den Reihen der roten Roboterschiffe zu materialisieren, die den Planeten der Lichtwesen weiträumig umlagerten.

Sie waren gewarnt. Lyssa hatte durch Dara mitgeteilt, daß sie in den ersten Sekunden nach dem Normalraumeintritt die Impulse zu spüren bekommen könnten, mit denen die Aggressoren immer noch ferngehalten wurden. Vielleicht fühlten die Raumfahrer gar nichts, aber rechnen mußten sie damit. Die Luminen kannten ihren Metabolismus und ihre Bewußtseinsstruktur trotz Lyssas Verschmelzung mit Dara bislang nicht.

Alle Besatzungsmitglieder waren angeschnallt. Der Autopilot war für eine Landung auf Luminia programmiert, ebenfalls nach Koordinaten, die Lyssa in Dara »deponiert« hatte.

Und es schlug zu.

Sie alle schrien, die Raumfahrer in der Zentrale, in den Unterkünften und in allen Teilen des Schiffs. Etwas schoß wie die Zungen eines Höllenfeuers in ihr Gehirn und schien es von innen heraus verbrennen zu wollen. Die Körper der Explorer-Besatzung schüttelten sich und zuckten in den Gurten. Die Schreie wuchsen zu einem infernalischen Orkan an. Einige Menschen brachen bewußtlos zusammen.

Dann war es so schnell vorbei, wie es begonnen hatte.

Die Zone des Wahnsinns umgab den Planeten Luminia wie ein weit um ihn gespannter Schutzschirm. Er begann zwischen den beiden äußeren Planeten und reichte so weit in den Weltraum hinaus, daß es den Aggressoren unmöglich war, von ihrer Belagerungsschale aus wirksam auf Luminia zu feuern. Die Zone wurde produziert von den mutierten Gehirnen der aus altem, negativem Erbmaterial gezüchteten Luminen, die jetzt an der Grenze ihrer Leistungsfähigkeit angelangt waren.

Zum Glück für die Explorer-Besatzung, denn noch mehr an Wahnsinnsimpulsen hätten sie vielleicht nicht überlebt.

Jetzt aber waren die Terraner aus der Zone heraus, aus dieser wie ein gigantischer Schutzschirm ins All projizierten Schale, in die kein Aggressor hineinfliegen konnte, ohne daß seine organische Komponente abstarb. Es hatte den Luminen furchtbare Qualen bereitet, als dies das erstemal geschehen war. Aber die Roboter hatten schnell gelernt und hielten sich nun in respektvoller Entfernung. Sie warteten auf ihre Chance, wobei sie spürten, daß die Luminen Tag für Tag schwächer wurden.

Anfangs hatten sie versucht, ähnlich wie über Traazam knapp über Luminia aus dem Hyperraum zu stürzen und sofort auf den Planeten oder die im Orbit stehenden Lichtschiffe zu feuern, doch die gezüchteten Gehirne der Luminen-Mutanten orteten und vernichteten sie sofort.

Auch das hatte Tausende von Luminen in den Tod getrieben, aber von da an hatte Ruhe geherrscht.

Und nun lag diese Welt unter der EX-3135, ein Planet in

nie gesehenen Farben, so als wären seine intelligenten Bewohner förmlich aus ihm herausgeboren worden.

Gott, so erinnerte sich Oberst Consyn Predam an die Bibel, hatte den ersten Menschen angeblich aus Lehm erschaffen.

Hier schienen die ersten Luminen aus dem Licht geformt worden zu sein, das ihre Heimatwelt umgab und erfüllte.

»Es ist... unglaublich«, stammelte Predam, als die Schmerzen verschwunden waren und er sich losgeschnallt hatte. Der Planet stand in seiner ganzen Schönheit auf dem Panoramaschirm.

Er riß sich von dem Anblick los und wandte sich an Dara Slow, die mit verträumtem Gesicht auf den großen Schirm blickte.

»Captain?« fragte er sachlich. Nur jetzt keine Sentimentalitäten! »Sind Sie...?«

»Ich bin noch ich«, erwiderte Dara und strich sich das Haar zurück. »Aber ich habe Kontakt mit Lyssa. Diesmal funktioniert es ganz einfach. Offenbar haben wir irgendwie gelernt, geistig miteinander umzugehen.«

»Einfach!« Der Kommandant lachte. »Einfach, sagt sie. Nun, Captain Vänersson, was ist Ihre Meinung? Es ist ganz einfach, plötzlich telepathischen Kontakt zu einem anderen Menschen zu haben. Ach, was heißt, zu einem anderen Menschen. Zu einer Außerirdischen!«

»Man sollte«, antwortete Bunn Vänersson vollkommen ernsthaft und trocken, »Terra davon unterrichten, Sir. Captain Slow könnte möglicherweise zu einer wertvollen Verstärkung des berühmten Mutantenkorps werden.«

»Ich verstärke Sie auch gleich!« zischte Dara ihn wütend an. »Ein Wort in der Richtung, an wen auch immer, und ich...!«

»Ruhig, Captain, bitte!« Oberst Predam hielt ihr beide Handflächen entgegen.

Sie nickte. Dann sah es aus, als lausche sie in sich hinein, und plötzlich wurde sie blaß.

»Was ist denn, Captain?« fragte der Plophoser.

»Lyssa«, sagte sie leise, »hat unseren Vorschlag aus meinem Bewußtsein gelesen. Ich meine, daß die Medusen...«

»Was sagt sie, Captain?« fragte Predam. Er war aufgestanden und sah abwechselnd sie an und den Panoramaschirm, auf dem von Luminia inzwischen schon nur noch ein Ausschnitt zu sehen war. Die vorgesehene Landestelle wurde von der Positronik durch einen grellen Leuchtpunkt markiert.

»Die Luminen lehnen es ab«, berichtete Dara mit ausdruckslosem Gesicht. »Lyssas Rolle ist die einer wichtigen Beraterin des Regierenden Geistesrats. Sie ist verantwortlich für alles, was mit dem Weltraum zusammenhängt; aber Entscheidungen, die ihre Welt betreffen, werden allein vom Rat getroffen – und der will lieber untergehen als...«

Das reichte.

Mehr mußte sie nicht sagen.

10.

Daras Zweifel

An Bord der EX-3135 zeigten die Uhren ein neues Datum: den 23. März 2361.

Der Explorer stand seit über zwei Tagen auf dem einzigen Raumhafen des Planeten Luminia, nahe einer der fünf Städte, die wie Nester von tausenden Edelsteinen in die Landschaft gefügt worden waren.

Die Luminen wohnten in halbkugelförmigen Häusern, wobei die Öffnung nach oben zeigte, zum Himmel. Eine entfernte Ähnlichkeit mit den Trichterbauten der Arkoniden war nicht von der Hand zu weisen, allerdings waren die Halbkugeln längst nicht so gewaltig. Die Luminen lebten einzeln. Sie trafen sich häufig, im Freien oder in den Wohnhalbkugeln. Männliche und weibliche Luminen gingen mehrmals im Leben Beziehungen ein, wobei sie sich auch paarten. Sie blieben solange zusammen, wie der eine etwas vom anderen lernen konnte oder sie sich gegenseitig stimulierten. War nichts mehr zu sagen, dann schieden sie in Freundschaft. Entstanden Kinder aus einer Beziehung, dann wuchsen sie in der Gemeinschaft auf, bis sie alt genug waren, eigene Wege zu gehen. Gäste auf Luminia würden niemals eine schwangere Lumina zu sehen bekommen: Die Frauen zogen sich, wenn sie neues Leben in sich wachsen fühlten, in die Natur zurück und kehrten erst dann heim, wenn sie den anderen (darunter dem Vater) das neugeborene Mitglied ihrer Gesellschaft zeigen konnten.

Ein Gebäude war immer größer. Es bildete das Zentrum jeder der fünf Städte. Der Durchmesser der Schalenöffnung betrug dreihundert Meter, und in diesem Zentrum war alles untergebracht, was das Gemeinschaftsinteresse der Luminen erforderte. Hier konnten sie sich zu Versammlungen treffen oder Vorträge hören; hier konnten sie einkaufen und tauschen; hier konnten sie Kunstwerke ausstellen und bewundern, die ihre genialsten Geister geschaffen hatten.

Im Versammlungsraum tagten seit Stunden die Mitglieder des Regierenden Geistesrats und ihre Berater – insgesamt knapp zwanzig Luminen. Zu den Beratern gehörte natürlich auch Lyssa, und bei ihr saßen an einem gläsernen Tisch, den fünf Ratsmitgliedern schräg gegenüber, Oberst Predam, Darn Magfallow und Captain Dara Slow.

Die von Dara herbeigesehnte erste *wirkliche* Begegnung mit Lyssa war viel weniger dramatisch verlaufen, wie Oberst Predam eigentlich zuerst vermutet hatte. Die beiden Frauen aus ungleichen Zivilisationen hatten sich begrüßt wie alle anderen Luminen und Gäste auch. Ganz kurz hatten sie sich gegenübergestanden und die Flächen der rechten Hand leicht gegeneinander gedrückt – so wie es hier Sitte war. Nur der eine Blick, den sie wechselten, und das Lächeln, das Dara dabei zeigte (Lyssas Mimik konnte er noch nicht gut genug deuten), machte dem Plophoser Sorgen. Er glaubte schon, etwas Wichtiges zu versäumen.

Aber alles, was Dara und Lyssa betraf, mußte er zurückstellen. Es ging immer noch darum, den Luminen begreiflich zu machen, daß es für sie nur eine einzige Chance gab, wollten sie überleben.

Aber nach wie vor weigerten sich die Ratsmitglieder entschieden, Predams Plan zuzustimmen. Der Oberst hatte Lyssa auf seiner Seite – inwieweit das mit ihrem engen Kontakt zu einem seiner Offiziere zu tun hatte, nämlich Dara, wußte er nicht. Vier der vierzehn anderen Berater schienen inzwischen ebenfalls einzusehen, daß er ihnen die einzige Lösung des Konflikts aufgezeigt hatte, den sie nie gewollt hatten, der sie aber alle umbringen würde, wenn sie sich nicht wehrten.

Genau das wollten oder konnten sie aber nicht.

»Ich möchte es noch einmal erklären«, sagte der Plophoser.

Er dachte auch an die Siedler von Traazam, denen er sich verpflichtet fühlte. In zwei Tagen war die gestellte Frist verstrichen, und wenn er dann nicht zurück war, würde die halbe Galaxis von den Vorgängen erfahren. Die Fenntner-Ballung wäre von den Schiffen Neugieriger überschwemmt.

»Es gibt nur drei Möglichkeiten«, faßte der Oberst noch einmal zusammen und zählte sie an seinen Wurstfingern ab. »Erstens, ihr vergeßt, daß ihr uns oder andere *technische Zivilisationen* jemals um Hilfe habt bitten wollen.« Er betonte die »technischen Zivilisationen«, weil es die ganze Schizophrenie der Luminen aufzeigte, daß sie sich Hilfe nur von solchen Völkern erhofft hatten, die fast so waren wie ihre Feinde – um dann vor den potentiellen, nie gefragten Helfern zu fliehen, eben weil die Ähnlichkeit doch zu groß war. »Dann werden, wie ihr uns selbst gesagt habt, die geistigen Kräfte eurer gezüchteten Mutanten innerhalb weniger Tage erloschen sein, und euer wunderschöner Planet liegt ungeschützt vor den Aggressoren. Es wird keine Stunde dauern, bis sie es gemerkt haben und ihn in Schutt und Asche legen. Einige hundert, vielleicht einige tausend Luminen können sich vielleicht mit den Lichtschiffen ins All retten, aber ihr werdet nie wieder eine Heimat wie diese finden.«

Einige Ratsmitglieder und Berater wanden sich und zitterten bei der Erwähnung der »gezüchteten Mutanten«, aber er hatte den Begriff bewußt benutzt. Sie *mußten* erkennen, was sie offenbar zwar in ihrer Not getan, aber bis heute aus ihrem Denken verdrängt gehalten hatten.

Es war seine und ihre letzte Chance. Wenn er sie jetzt

nicht überzeugte, mußte er endlich seine Pflicht tun, und dies lief auf das hinaus, was er ihnen schilderte – allerdings ohne den Eindruck einer Drohung zu erwecken. Die Luminen brauchten nicht zu wissen, daß er es veranlassen *würde,* falls sie heute zu keiner Einigung kamen.

»Zweitens«, sagte er hart. »Ihr bittet uns, das heißt das Solare Imperium, offiziell um Hilfe. In dem Fall wird innerhalb von höchstens drei Tagen ein starker Flottenverband über eurem Planeten dafür sorgen, daß Luminia und den Luminen nichts zustößt. Die Aggressoren werden verjagt und zu ihren Basen zurückverfolgt, die anschließend für immer unschädlich gemacht werden.«

Sehr viel deutlicher durfte er nicht werden. Schon jetzt mutete er den Luminen viel zu, bis hart an die Grenze. Sie verfärbten sich, zitterten und stießen helle, klagende Laute aus. Er mußte sich dazu zwingen, weiterzumachen und den harten Kurs weiterzufahren, den er jetzt eingeschlagen hatte. Die vorsichtigen, behutsam gewählten Worte hatten zwei Tage lang nichts geholfen.

Hart und brutal. Er kam sich wie ein Schweinehund vor, aber es mußte nun sein. Er wollte diese Wesen retten. Sie waren einzigartig. Sie waren vielleicht einzig in der ganzen Galaxis, und das sollten sie bleiben, solange wie möglich.

»Ihre Basen, soweit wir sie finden, werden vernichtet werden«, fuhr er also fort. »Natürlich werden sich viele ihrer roten Schiffe im Weltraum befinden und der Strafaktion entgehen. Sie werden Möglichkeiten finden, um sich erneut zu reproduzieren sowie neue Schiffe und Basen zu bauen. Das bedeutet, daß Luminia nie vor ihnen sicher sein wird – und daß deshalb ständig terranische Schiffe, *Kriegsschiffe,* in eurem Sonnensystem bleiben und über euch wachen müssen.«

»Aber wenn wir ihre Hilfe nicht mehr wollen?« fragte der Ratsvorsitzende, ein Lumine namens Donvaal. Er war aufgesprungen. Seine Nebenleute stützten ihn, obwohl sie selbst so zitterten, daß es aussah, als müßten sie jeden Moment in tausend Teile brechen.

»Terra läßt niemanden im Stich, der das Imperium einmal um Hilfe gebeten hat«, versetzte Predam laut. Es war grausam, es war jenseits der Grenze, es war der Dritte Grad. Und natürlich stimmte es nicht. So sah terranische Politik nun wirklich nicht aus.

»Drittens!«

Oberst Consyn Predam stand nun ebenfalls auf. Er hatte, wie die anderen, in einem Schalensitz gesessen, der frei unter ihm schwebte. Ein zusammengebrochener Lumine wurde aus dem Versammlungsraum transportiert. Das geschah so, wie alle Personentransporte auf Luminia vor sich gingen, wenn die Lichtwesen nicht viel lieber ihre Beine benutzten oder nicht gerade bis zur nächsten Stadt oder ans andere Ende der eigenen Siedlung gehen mußten: Es bildeten sich die bekannten Energieschläuche scheinbar aus dem Nichts, Lichtfinger ertasteten und holten den zu Befördernden hinein. Oberst Predam und seine beiden Begleiter hatten es erlebt, als sie vom Raumhafen in die mehrere Dutzend Kilometer entfernte Stadt gebracht worden waren. Die Energieströme waren von dort einfach in den Himmel gewachsen, bis sie sich in einem gewaltigen Bogen auf das Raumhafengelände senkten. Dort hatten die Menschen sich ihnen anvertraut.

Lyssa und Dara Slow flüsterten miteinander. Predam sah es aus dem Augenwinkel. Wozu das? Konnten sie sich nicht alles lautlos sagen?

Dara war in Predams Taktik eingeweiht. Nur deshalb hielt sie sich bislang zurück, obwohl ihr die Qualen der Luminen selbst Schmerzen bereiten mußten.

»Dritte Möglichkeit«, sagte der Oberst hart. Noch einmal machte er eine Runde und legte den Kopf in den Nacken, blickte hoch zum Sternenhimmel über Luminia.

Es war auch hier Nacht. Aus dem Weltraum betrachtet, mußte diese Stadt wie ein funkelndes Juwel aussehen, mit seinen Edelsteinen und den regenbogenfarbig leuchtenden Verbindungsschläuchen zwischen ihnen.

Genauso mußten die Aggressoren sie erkennen, die Roboter in ihren roten Kugeln, die nicht mehr lange zu warten brauchten, bis...

»Drittens! Wir haben durch Captain Dara Slow von Lyssa erfahren, über welche Fähigkeiten und Kräfte die Medusen verfügen. Wir respektieren und bewundern die Art und Weise, wie ihr und sie zusammenlebt, euch ergänzt und euch vielleicht einmal miteinander zu etwas ganz Besonderem entwickelt. Deshalb möchten wir, daß es immer so bleibt. Doch wenn ihr überleben wollt und wenn ihr möchtet, daß auch die Medusen überleben – deren Heimatplanet nun von den Aggressoren entdeckt wurde –, dann müßt ihr bereit sein zu kämpfen.«

So deutlich hatte er es noch nie ausgesprochen, und noch nie hatte er das psychologische Druckmittel angewendet, daß die Luminen vielleicht zum erstenmal überhaupt Verantwortung für eine andere Lebensform übernehmen mußten: nämlich für jene Medusen, die ihre Rettung bedeuten konnten.

Plötzlich protestierte sogar Dara. Er achtete nicht darauf. Darn Magfallow sprang ebenfalls auf. Er beachtete es nicht. Vier weitere Luminen brachen zusammen und wurden von den Energieschläuchen und den aus ihnen züngelnden Lichtfingern geholt. Predam zwang sich, es zu ignorieren.

Der Oberst redete jetzt nicht mehr, er schrie und bat gleichzeitig die vielleicht existierenden Götter der Luminen um Vergebung. Der Schweiß rann ihm von der Stirn und verklebte die leichte, einfache Kleidung – auf Luminia waren keine Schutzanzüge erforderlich und die Temperaturen angenehm; trotzdem kochte er.

»Die Medusen gehorchen euch!« rief Predam voller Inbrunst aus und gestikulierte mit geballten Fäusten. »Sie sind auf eine bewundernswerte Weise unschuldig, denn sie wissen nicht, was sie tun. Seit eurem ersten Kontakt tun sie, was ihr von ihnen wünscht. – Und nun bittet sie, zum Teufel, die Schiffe und Basen der Aggressoren in den Hyperraum oder werweißwohin zu schleudern, Hauptsache nach irgendwo oder irgendwann, wo sie euch nie mehr gefährlich werden können.«

Er hatte sich in eine solche Erregung hineingeredet, daß er gar nicht mehr sah, daß er kaum noch einen Partner hatte, der ihm zuhören konnte. Einer nach dem anderen, waren die Luminen zusammengebrochen und abgeholt worden.

Nur Lyssa war geblieben.

»Ich habe schon immer etwas anders gedacht als mein Rat«, sagte sie jetzt, als Predam betroffen schwieg. »Obwohl ich genauso fühle wie meine Gefährten. Ich weiß, daß ich nie wieder ich sein werde – aber ich werde jetzt mit meinem Volk reden, und danach mit den Medusen.«

»Du wirst vielleicht nie wieder du selbst«, versetzte Predam noch, ohne sich die Worte lange zu überlegen, »aber denke daran: Wenn hier erst einmal die Raumschiffe anderer galaktischer Zivilisationen als ... als Schutzmacht stehen, dann ist es aus mit der ungestörten Entwicklung eures Volkes.«

»So wie in der Fenntner-Ballung«, sagte Magfallow tonlos.

Er sah den Oberst an wie einen Mann, der ihm fremder und unheimlicher nicht sein konnte.

»Darn ... verdammt«, stammelte Predam. »Mann, ich will doch ...«

»Und wie bei den Medusen, über deren Planeten jetzt zwanzig Schiffe der Solaren Flotte stehen.«

Oberst Consyn Predam wollte etwas erwidern, aber

jede Antwort, die er zu geben versuchte, kam ihm vor wie eine Seifenblase.

»Ja«, sagte er nur. »Vielleicht ist es so.«

25. März 2361.

Wir sind auf dem Rückflug.

Ihr mußtet allem zustimmen. Ihr hattet gar keine andere Wahl. Du machtest es euch etwas leichter, indem du nicht die volle Wahrheit sagtest.

Du hast es gewußt, Freundin. Lyssa, du hast ganz genau gewußt, welches Opfer du bringst!

Es war falsch. Auch Darn spürte es. Der Oberst war viel zu sehr in seinem materialistischen und strategischen Denken gefangen, um die Gefahr in ihrem vollen Ausmaß zu erkennen.

Sicher, er glaubte, für das Volk der Luminen das Beste zu tun. Vielleicht überlebt ihr ja diesen Tag. Vielleicht erholen sich einige von euch, und sie gründen eine neue Zivilisation. Aber nichts wird je wieder wie gestern sein.

Hörst du mich, Lyssa? Wo bist du?

Du hast alle Luminen gefragt. Bei Wesen wie euch geht das schnell, ihr braucht keine technischen Hilfsmittel, um euch rund um den Planeten zu verständigen. Wie euer geistiger Kontakt genau funktioniert, weiß ich immer noch nicht. Telepathie, so wie wir sie bisher verstehen, kann es nicht sein. Denn ich habe absolut keine telepathischen Fähigkeiten, und doch kannst du in mir sein und ich in dir.

Wir *konnten* es, Lyssa. Ist es wirklich vorbei?

Melde dich, bitte! Gib mir ein Zeichen, daß du noch lebst!

Ihr habt sie vernichtet. Als dein Volk zustimmte, fügten sich auch die Ratsmitglieder ins Unvermeidliche. Alle habt ihr diese Entscheidung getragen, Lyssa, *alle*.

Deine schreckliche Schuld ist es aber, sie herbeigeführt zu haben. So seht *ihr* es. Aber hättet ihr euch anders entschieden, dann wäre das passiert, was euch Consyn Predam an Alternativen aufgezählt hatte. Eines von beiden. Vernichtung durch die Aggressoren oder Rettung durch eine technische Zivilisation wie die unsere, und die hättet ihr für Jahre, Jahrzehnte, Jahrhunderte am Hals gehabt, vielleicht für immer und in alle Ewigkeit.

Das Ende, Lyssa. War es dies schon?

Ihr habt eure Unschuld verloren. Wenn es je ein Volk von Engeln in der Galaxis gegeben hat, dann ist es jetzt vorbei damit.

Wir sind auf dem Rückflug, Lyssa.

Du hast deinen Leuten nicht gesagt, daß die Medusen sie *vernichten* würden, töten, aus dem Universum fegen. Du hast von einer Vertreibung gesprochen. Sie alle glaubten, damit sei es getan. Die Roboter bekämen nur einen Denkzettel verpaßt.

Wir fliegen zurück. Es ist der 25. März.

Wie war es für euch, sie schreien zu hören?

Wieviel habe ich davon mitbekommen, bevor wir den Kontakt ganz verloren? Du hast mir so etwas wie ein Echo geschickt, nicht wahr? Ja, ein Echo von dem, was in deinem Gehirn explodierte, und in jedem anderen Gehirn im Kopf eines Luminen.

Wir haben euch gesagt, wie ihr euch wehren müßt. Ja. *Ich* bin schuld, Lyssa, nicht du. Denn ich habe Consyn Predam auf die Idee gebracht. Ich wollte es aber nicht. Ich war noch nicht bei mir.

Wir sind auf dem Rückflug, Lyssa, weißt du das schon?

Komm, antworte mir! Du kannst es! Entfernungen sind doch für uns kein Hindernis!

Mir ist kalt, Lyssa. Ich friere schrecklich. Sie tun ja wieder alles, damit es mir besser geht. Aber gegen die Kälte aus dem Innersten können sie nichts tun.

Darn...

Noch einmal soll er das nicht alles mitmachen müssen.

Er wird jemanden finden. Ich würde es ihm gerne sagen, aber...

Lyssa?

Sind wir schuldig geworden, weil wir uns gewehrt haben, als es um die eigene bloße Existenz ging?

Das Echo der Schreie des sterbenden Bioplasmas. Ich vertrage wahrscheinlich viel mehr als ihr. Ich bin nicht so empfindlich. Aber es hat mich hierhergebracht, und... wir fliegen heim, Lyssa.

Ihr seid um vieles zerbrechlicher. Ihr habt die Todesschreie des Plasmas empfangen, ihr alle. Lyssa, lebt ihr noch?

Die Schmerzen gehen vorbei, und ihr braucht euch nichts vorzuwerfen. Ihr seid nicht zu Mördern geworden, hörst du? Du mußt es den anderen sagen. Ihr habt nur euer Leben gerettet. Und wir haben euch gezeigt, wie.

Wir haben euch eure Unschuld genommen. Gerettet und in den Wahnsinn getrieben, in den Tod.

Lyssa, das ist alles so verrückt!

Ihr lebt, ganz sicher lebt ihr. Sie haben sich geirrt, als sie sagten, ihr wärt alle gestorben. Ihr werdet eine neue Zivilisation errichten. Wir werden nicht wiederkommen, und die Roboter auch nicht – falls es noch welche gibt, die nicht bei euch aufmarschiert sind und sich in ihren Basen versteckt hielten. Die Medusen vernichten auch sie. Niemand wird erfahren, daß es euch gibt. Der Oberst wird es bestimmt niemandem sagen. Er kann das gar nicht. Er ist nämlich schuld am Untergang von zwanzig voll bemannten Schiffen der Solaren Flotte. Nein, Lyssa, nicht du! Ihr habt den Medusen gesagt, daß sie die Fremden in ihrem System ebenfalls in den Hyperraum schleudern sollen. Dabei habt ihr zwar »Vertreiben« gemeint, aber die Medusen handelten so, wie sie es jetzt gelernt hatten.

Damit die Terraner nichts verraten und nie wiederkommen sollten. Ihr... mußtet es tun.

Aber Consyn Predam hat sie doch überhaupt erst gerufen. Er hätte auch dafür gesorgt, daß sie nichts erfahren. Ich meine...

Ich weiß nicht mehr, was ich meinen soll. Was vorgeht. Was ist.

Lyssa, wir fliegen...

Lyssa, die Flotte wird andere Schiffe schicken, denn sie wissen ja im Hauptquartier, wohin die zwanzig Kugelraumer in Marsch gesetzt wurden.

Und wer sie angefordert hat.

Wenn sie herausfinden, daß die Medusen das waren...

Lyssa, ich kann dich nicht hören. Was hast du gesagt?

Es ist so kalt, Lyssa...

Consyn Predam, der Oberst...

Spricht er zu mir? Ich kann ihn nicht hören.

Er und Darn werden sich jetzt wohl nie mehr duzen. Sie hätten es tun sollen, als die Welt noch ein wenig besser aussah.

Die Traazamer können weiter an ihrer Musterkolonie basteln, schätze ich. Man wird sie respektieren.

Man hätte sicher auch euch respektiert.

Was hast du gesagt, Lyssa? Wohin fliegen wir? Wo sind die verstorbenen Luminen jetzt? Bist du bei ihnen?

Glaubst du, ich könnte euch einholen und mit euch das Universum umrunden?

Ich habe Zweifel.

Ich friere.

Ich spüre nichts mehr. Lyssa. Und meine Gedanken werden langsamer.

Ich glaube, die anderen frieren jetzt auch.

Wir... fliegen, Lyssa.

Nach Hause.